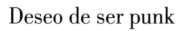

Deseo de ser punk

Belén Gopegui

Deseo
de ser punk

EDITORIAL ANAGRAMA

BARCELONA

Ilustración: foto de Iggy Pop, © Lynn Goldsmith / CORBIS / Cordon Press

Primera edición en «Narrativas hispánicas»: septiembre 2009
Primera edición en «Compactos»: marzo 2011
Segunda edición en «Compactos»: diciembre 2011
Tercera edición en «Compactos»: mayo 2013
Cuarta edición en «Compactos»: diciembre 2014

Diseño de la colección: Julio Vivas y Estudio A

© EDITORIAL ANAGRAMA, S. A., 2009
    Pedró de la Creu, 58
    08034 Barcelona

ISBN: 978-84-339-7652-9
Depósito Legal: B. 48-2012

Printed in Spain

Liberdúplex, S. L. U., ctra. BV 2249, km 7,4 - Polígono Torrentfondo
08791 Sant Llorenç d'Hortons

En memoria de Luis Salarich

Sin Román G. Alberte no habría sido posible el sonido de esta historia.

Sitting Bull ha muerto: no hay tambo-
res que anuncien su llegada a las Grandes
Praderas. Deseo de ser piel roja.

LEOPOLDO MARÍA PANERO

Primera parte

1

Odiaba su música. Normalmente son los padres los que odian la música de los hijos. Pero es que: uno, yo no tenía música; dos, a ellos les daría igual que la hubiera tenido porque yo no iba vendiéndoles a ellos lo que me gustaba. A lo mejor no debía contártelo. ¿Qué importa? Tener dieciséis años y no tener música. Hay chicas de mi edad que no tienen padres ni familia, ni cama, yo qué sé. Vale, ¿y para qué sirve comparar? Las cosas tienen que estar bien porque lo están, no porque sean mejores o peores que ninguna otra. Mi bolígrafo es perfecto. Plateado, de los que aprietas para que baje la punta. Y tiene recambios. Me gustan los recambios. Hacen que sepa que mi bolígrafo es único, lleva cinco recambios puestos por mí, dos de tinta azul y tres de tinta negra. Y ya está. No lo comparo, no me da la gana. Estoy escribiéndote con él y es todo lo que necesito. Creo que tener dieciséis años, llamarse Martina y no haber tenido música es un asqueroso desastre. Porque si la hubiera tenido sentiría que pertenezco a algún sitio, supongo. Tener música es como tener un código. Y es extraño porque yo creo que sí tengo un código.

«You, who are on the road, must have a code, that you can live by»: tú, que estás en la carretera, debes tener un código según el cual puedas vivir. En inglés suena mejor, y rima un poco. Es la letra de una de las canciones que les gustan a mis padres. Creo que me dan grima porque gastan frases que me importan. O sea, desprecio, por ejemplo, a La Oreja de Van Gogh. Pero no les odio, no se lo merecen, ¿sabes?: «Mi corazón lleno de pena, y yo una muñeca de trapo», puagh, es una estupidez, babosa, me imagino a cualquiera oyéndolo mientras espera con el carro rebosante de yogures, detergente y jamón york en la cola del supermercado. Mi corazón, saco los yogures, lleno de pena, cojo el detergente, y yo una muñeca de trapo, saco la cartera. En realidad, no es música. Son sonidos empaquetados, como esos juguetes de bebés con pilas que dicen «pruébame» y aprietas y suenan cosas. La música, la de verdad, no suena: te atraviesa el cuerpo de parte a parte.

Es raro, mientras te escribo estoy viéndome escribirte y no me veo desde la puerta, sino más bien como si estuviera en la casa de arriba y el suelo fuera de cristal. Me tumbo en el suelo de los vecinos para ver cómo te escribo, con un codo apoyado en la mesa y el pelo tapándome la cara. Aquí arriba no hay nadie. Ni los vecinos, ni el perro de los vecinos. Y al mismo tiempo sigo abajo, en el cuaderno, contigo. Creo que me pasa esto porque desde hace unos días me he sali-

14

do de la historia: la de mis padres, la del instituto, la de mi vida; la de lo que se supone que es mi vida, quiero decir.

Yo al principio pensaba que la vida era una de esas fiestas con piscina donde todo el mundo se baña desnudo pero alguien se queda vestido, o sea, yo. Pero últimamente he estado sintiéndome al revés: me había quitado la ropa, me había tirado al agua en bolas tan confiada y resulta que todos seguían vestidos, y alguno como mucho parecía dispuesto a venirse al agua conmigo pero con un superbañador bermudas o un bikini blanco. Así que me he largado, ¿sabes? O sea, no he vuelto a salir y he pedido una toalla y he puesto cara de pues qué buena el agua y aquí estamos. No. Lo que he hecho ha sido coger mis cosas, secarme sí, vestirme, pero luego coger mis cosas y pirarme; ahora voy por ahí con el pelo mojado y el verano en el cuerpo aunque nieve.

Mis padres hace tiempo que decidieron que yo era rara, igual que, según ellos, la mayoría de los adolescentes y un poco más. Creen que suspendí por eso, por una adolescencia mal llevada o algo parecido. Pero mi historia tiene un principio, fue el día 4 de diciembre, me acuerdo muy bien. Dejé de estar en clase. O sea, como yo iba, rellenaba los exámenes, no hacía barbaridades, todo el mundo tranquilo. Premio: es como si dijeran hoy es martes, así que siempre va a ser martes. No era martes. Yo iba pero no estaba ahí. Puedes mirar y escuchar y haberte ido, eso lo sabe cualquiera. Llega un momento en que las cosas dejan de importarte. Cuando los que te hablan no tienen acti-

15

tud, oyes llover todo el rato. Como no la tienen, ya pueden venirte con el día de mañana, la materia interestelar o con la historia mundial del hip-hop, no me lo creo. Me parece que si me acerco a cualquiera de esos profesores o profesoras y les pongo un dedo en el hombro, mi dedo índice en su hombro, y empujo un poco, así, y otro poco, pues van y se caen. Y lo mismo mis padres: hablan y oyen canciones pero luego, cuando algo pasa, no se mantienen de pie, se piran o corren a esconderse detrás de una frase. Así que, bueno, resulta que aquí no hay nadie, unos hacen que hablan, otros hacen que escuchan, pero ¿dónde estamos?

La semana siguiente al día 4 hubo exámenes y me suspendieron. Aprobé dos exámenes, no sé ni cómo, la verdad; en los demás tuve un 2, un 1, un 2,5, un 4,3 y un 3,9. Yo siempre sacaba buenas notas. Crisis. Primero llega mi padre y me pregunta qué me ha pasado:

—Pues que he suspendido. Me han salido mal.

—Martina.

Esto del nombre me mosquea, ¿sabes? Es como una especie de conjuro: miras a alguien y sólo dices cómo se llama. Es fuerte, pero debería usarse muy pocas veces. Malgastan las frases, malgastan la música, es que lo pierden todo. Recojo mi nombre del suelo, y de paso el de mi padre, que también se le ha caído, y se lo doy:

—Juan.

Le sentó fatal. Yo no sé si quería que le sentara tan fatal. Pero tengo dieciséis años. A mi edad los perros están para el asilo. Y dicen que en Estados Uni-

16

dos te dejan conducir. Llevar un coche es como llevar una pistola cargada. Te da un ataque de rabia: bang, disparas a alguien que te está molestando. Pues con el coche puedes hacer lo mismo: estás ahí, en el paso de cebra, y ves al típico padre de familia con un paquete de pasteles y cara de que sus hijos han ganado todos los torneos y han sacado las mejores notas, o sea, con cara de no haberles mirado a los ojos en toda su vida, y sueltas el freno y aceleras: se acabó, lo has arrollado junto con sus pasteles, adiós. Con dieciséis años, si él dice Martina, yo digo Juan.

–¿Quieres perder el curso? Te parecería divertido repetir.

No le contesté. Te juro que no quería hurgar en la herida. Sólo me quedé mirándole como si siguiera esperando a que me dijera algo y es que realmente estaba esperando. Porque hablar es decir algo, ¿no? La Oreja de Van Gogh no canta aunque cante, no tiene música ni letra ni nada dentro. Y hay veces que las personas tampoco hablan, aunque hablen. Así que me quedé callada, esperando a que dijese algo que saliera de él y llegara a mí, no algo que se quedara flotando como el hilo musical en una sala de espera. Seguimos así, mirándonos. Él estaba muy enfadado, se le notaba. Pasó como medio minuto y se fue. Pero yo no me moví ni un milímetro. En vez de a mi padre ahora veía un trozo de estantería y medio sillón rojo. Me fijé en que una parte de la oreja del sillón estaba muy gastada, parecía de color naranja claro y se veían las rayas de los hilos horizontales y verticales que la atravesaban, como cuando hay un archivo de vídeo defectuoso y en la pantalla se ve una parte con píxeles rectangulares.

Estuve unos diez minutos en mitad del salón. Al cabo de dos o tres ya no esperaba que mi padre me dijera algo, pero es que no tenía ni puta idea de adónde ir. ¿A mi cuarto? La verdad es que últimamente mi cuarto me parece una caja de zapatos y estoy cogiendo complejo de gusano de seda. ¿A la cocina? Ahí igual me encontraba con mi padre otra vez, o con mi madre. ¿A la calle? Alguna vez ya lo he hecho. Me he ido de casa porque nada encajaba, porque habría querido «soplar y soplar y la casa derribar». Pero luego, en la calle, ¿qué? Cruzo, voy de una calle a otra, las que están cerca me las sé de memoria. Una vez cogí un autobús que no sabía bien dónde paraba. Y todo es igual aunque sea distinto. Te bajas en cualquier calle y vuelves a ver bares, tiendas y puertas cerradas. Es lo que más hay, puertas y más puertas y más puertas, todas cerradas. Hasta me habría metido dentro de una iglesia si no tuviera la sensación de que detrás, en algún sitio, siempre hay un cura mirando que tarde o temprano se me acercará para preguntarme si estoy bien.

Pues ahí me quedé, de pie. Que me haga invisible, que me haga invisible. Y luego me fui al ascensor. Me dio por ahí. Me gustan los ascensores. Suben y bajan. O están quietos. Son como un cuarto que no pertenece a nadie. Me puse en cuclillas, la espalda apoyada contra la pared. Lo llamaron una vez. Entonces me levanté e hice que estaba subiendo. Saludé, sonreí, buenas tardes, hola. ¡Qué frío hace, eh! Adiós,

adiós. Y otra vez me metí dentro. Como a la media hora ya estaba más tranquila, así que volví a casa. Pero, claro, imagina, ahora le tocaba a mi madre. Poli malo, poli bueno. ¿No es todo asquerosamente triste?

Yo me había metido en mi cuarto. Me puse a mirar por la ventana. Como nuestra calle es estrecha, las casas de enfrente están bastante cerca. Y vivimos en un tercero. Pisos de la casa de enfrente, un poco de cielo si me inclino y estiro el cuello, y si miro para abajo las aceras y una fila de coches aparcados: gris, verde oscuro, azul, negro, gris, blanco. Estaba contando los colores de los coches cuando los nudillos de mi madre golpearon con suavidad la puerta. Es educado, llamar. Es civilizado, se supone que yo podría estar haciendo de todo, ¿no?, y si abre de golpe... Patada en la puerta, como los policías de las pelis: no habría sido educado, pero habría sido sincero. Bah, no quiero decir esto. Normalmente me gusta que llame a la puerta. Pero hoy no me ha gustado. Supongo que es por todo lo que dijo luego.

–¿Hablamos un rato, Martina?

–Ya estamos hablando.

–Sentadas.

Me senté en la silla. Toda la cama para ella, lo que no quería era que se sentara a mi lado. ¿Por qué? Pues no sé, pero no quería.

Ella se sentó en la cama.

–Si no tienes ganas de hablar ahora, dímelo.

Vale, no tengo ganas. Tenía que habérselo dicho. Pero lo malo de los padres es que encima les tienes que consolar.

—Me han suspendido. Casi siempre apruebo y no hemos hablado de que he aprobado. A lo mejor también teníamos que hablar cuando apruebo. «Martina, has aprobado, vas a pasar de curso, ¿te divierte la idea? Luego vas a tener un horrible trabajo y te pasarás la vida diciendo que sí. ¿Te das cuenta? ¿Eres consciente de ello?»

—Muy agudo. Pero ahora me gustaría que me explicaras por qué has suspendido.

—Los exámenes me han salido mal, a todo el mundo le pasa alguna vez.

—¿Hay algo que te preocupe?

No contesté.

—A lo mejor prefieres hablarlo con otras personas, no con nosotros. Pero si necesitas ayuda, sabes que estamos aquí. Y todo eso de que vas a tener un horrible trabajo es una excusa. Ahora tu deber es aprobar. Más adelante, ya podrás elegir qué haces con tu vida. En la parte que puedas. Porque no todo se elige.

—Vale.

No lo digas, no lo digas, no lo digas. Pues lo dijo:

—Martina.

—Vale, mamá. Si necesito ayuda os aviso. No todo en la vida se elige. Desde luego, ya puestos, yo habría elegido medir quince centímetros más. ¿Qué quieres? ¿Que te diga que voy a estudiar y voy aprobar y que sólo ha sido una mala racha? Pues te lo digo. Es más. Voy a empezar a estudiar ya. Ahora mismo. ¿Puedes salir, por favor?

Me levanté y empecé a sacar los libros de la mochila. Mi madre se fue de la habitación sin decir nada. Supongo que le hice daño. Supongo que antes también había hecho daño a mi padre. ¿Cómo se coloca todo bien? ¿Cómo lo consiguen las personas? Porque si te callas demasiadas cosas, un día estallan o se pudren. Pero si las dices, haces daño. Y a veces mueves la mano y sin querer tiras el vaso y se rompe y hay agua y cristales; dicen que eso es fácil de arreglar con una bayeta y barriendo cristales. Lo que no se arregla es que te gustaría clavarte uno, que saliera sangre y no llorar.

En vez de estudiar, me he puesto a escribirte. No eres un puto personaje inventado ni eres mi puto amor platónico. Te he encontrado y tú sí tienes música.

2

Supongo que debes saber qué pasó el 4 de diciembre. Si a partir del 5 empecé a hacerlo todo al revés, será por algo. El 4 de diciembre fui al funeral del padre de una amiga. Vera es bastante amiga mía, más que bastante. Y su padre se murió de cirrosis; fue muy rápido, tuvo una hemorragia interna y no pudieron hacer nada. Toda mi clase fue al entierro. Pero yo estaba con treinta y nueve de fiebre y en casa no me dejaron ir. Así que la semana siguiente fui al funeral. Ahí no había nadie de mi clase. Vera y su hermano Alex estaban, sí, delante, en la primera fila, con su madre y con su abuela. Lo demás era gente mayor, muchos abrigos de piel en las mujeres y abrigos o chaquetas azul marino en los hombres. Yo me senté detrás y la verdad es que, si mirabas, parecía todo oscuro o negro. Hasta yo iba de negro, no lo había hecho aposta, iba con mi cazadora negra de siempre. Era mi segundo funeral. Del primero casi no me acuerdo. Fue por mi abuela, pero yo tenía siete años y Émil, mi hermano, quince; de lo que más me acuerdo es de que mi madre pidió a mi hermano que saliera fuera conmigo, y yo dije que no quería salir. Quería escuchar.

Yo ahora no creo en Dios, pero me parece que el cura del funeral del padre de Vera tampoco creía mucho, me refiero a la vida eterna y todo eso. Decía que el cielo era cuando se hacían las cosas bien y se era cariñoso con los demás, y el infierno cuando despreciabas a alguien y te equivocabas. Decía que el muerto se quedaba en nuestros recuerdos y que desde ahí nos iba a acompañar. Buf, no sé, los recuerdos, vale, sólo que los recuerdos están en mi cabeza, y ojalá estuvieran en otro sitio. Puestos a creer, yo preferiría una aparición total, aunque fuera un padre de Vera medio transparente, tipo fantasma. Porque al final los recuerdos hasta parece que te los imaginas, se ponen borrosos y algunos se pierden.

El padre de Vera me caía muy bien. Era un poco desastre, bueno, más que un poco. A veces tenía que ir a recogerla a algún sitio y se le olvidaba, aunque nunca se le olvidaba tanto como para no ir. Siempre aparecía, pero igual una hora después. Yo me he pasado muchas de esas horas hablando con Vera, mientras le esperábamos. Luego, casi siempre me iba con ellos. Los padres de Vera estaban separados, aunque creo que ninguno de los dos salía con otra persona. Vera decía que seguían queriéndose, pero que como su padre no estaba bien, se había ido a otra casa para no acabar extendiendo su confusión por todas partes. No sé por qué su padre estaba confundido. Lo estaba, yo ahora me acuerdo de él porque también estoy confundida. Y le entiendo un poco, o bastante. Porque imagina que se te rompe algo, el vaso, por ejemplo, ese que tiras sin querer, y la gente se limita a traer una bayeta para el agua y una escoba para los cristales. Pero imagina que tú no quieres la bayeta. Querías ese vaso. Te importaba ese vaso. No entiendes que esté roto. Y entonces te pones a recoger los cristales uno a uno. Y tratas de pegarlos. Aunque, claro, mientras haces eso, se te ha olvidado secar el agua con la bayeta. Y también se te ha olvidado la hora que es. Y, encima, hay veces que las cosas se rompen en siete trozos y vale, las puedes pegar. Pero a veces se rompen en cien o más. ¿Entonces qué haces? Pues lo que él hacía era intentar pegarlas de todas formas. No abandonaba, aunque en el suelo hubiera cuatrocientos trozos. Y al final, sin querer, acababa dejando tirada a mucha gente, porque él estaba con el vaso. Que no era un vaso: era una persona.

Claro, la gente dice que hay que distinguir entre lo que es muy importante y lo menos importante. Pues el padre de Vera no distinguía. Tenía un código. Si alguien está mal, ¿cómo voy a dejarle ahí? Eso es todo lo contrario de comparar. Comparar es una putada. Tendría que estar prohibido, ¿o no? ¿No es mil veces peor comparar que echar el humo por la nariz? Entra en este bar, si quieres, pero que sepas que aquí no compara nadie, y el que compara se va fuera. El padre de Vera no comparaba. Conmigo estuvo una vez. Una de esas veces que llegó tarde, una de esas veces que, para no dejar tirada a otra persona, acabó dejando tirada a Vera durante cincuenta minutos en la puerta de una discoteca adonde, además, se había empeñado él en ir a buscarla. Yo me quedé con Vera hablando de chorradas. Estábamos sentadas en unas escaleras enfrente de la puerta y pasaban bastantes tíos y nos decían de todo. Pero, bah, nos reíamos. Llegó el padre de Vera y dijo que me llevaba a casa, me hizo una caricia en el cuello y de pronto voy y me pongo a llorar, tampoco como una magdalena, pero se me saltan las lágrimas y él se da cuenta. Ese día a Vera le tocaba ir a casa de su madre. Su padre dijo:

–Vera, te dejo a ti primero, que se nos ha hecho tarde y no quiero que mamá se preocupe.

Vera no se había dado cuenta de mis lágrimas. Ella se había sentado delante, al lado de su padre, y yo detrás. Así que dejamos a Vera. Mi casa está como cuatro manzanas después de la suya. Pero me doy cuenta de que el padre de Vera no sigue ese camino sino que tuerce, y yo no digo nada. Luego para el coche enfrente de un bar y me dice:

–Vamos a tomar algo aquí, ¿quieres?

Yo sí que quería. Porque, además, de lo que menos ganas tenía en ese momento era de llegar a casa. Me habían dado permiso para volver a las once y media. Ya eran las once y diez, pero pensé que no tardaríamos mucho.

Me invitó a un sándwich mixto con coca-cola. Él se pidió una cerveza y me dijo:

–¿Quién ha sido?

Hay que saber preguntar. No sé dónde enseñan eso, pero lo que está claro es que casi nadie sabe.

25

«¿Quién ha sido?» fue una buena pregunta. Quién ha sido era: quién te ha hecho daño, y era: quien sea tendrá que vérselas conmigo, y también: tendrá que hacerlo porque eres importante, para mí lo eres. ¿Quién había sido? Ningún tipo que hubiera intentado violarme en una esquina de la discoteca. El padre de Vera preguntaba sin morbo. En realidad, no había sido nadie en concreto. Pero con esa pregunta yo ya sabía que el padre de Vera estaba de mi parte, y que podía decirle todas las cosas ridículas y frágiles y hasta cursis que quisiera.

—Es cómo nos miran. Los tíos de clase. Tanto de tetas, de culo, de labios, de piernas. Yo también puedo fijarme en si están buenos. Bien, vale, me gustan los guapos, me encantaría que uno me hiciera caso. Pero no paso de todos los demás.

—¿Esta noche te has sentido sola?

—Han puesto una canción de tu época o por ahí. No sé por qué hacen esas letras tan idiotas, de pronto me vine abajo.

—Dime la letra.

Se la canté bajito:

—And I need you now tonight, and I need you more than ever, and if you'll only hold me tight, we'll be holding on forever.

Te necesito ahora esta noche, te necesito más que nunca. Sólo con que me sostuvieras con fuerza, seguiríamos resistiendo siempre, algo así.

El padre de Vera acercó su silla a la mía, y me atrajo hacia su pecho. Yo cerré los ojos, me rodeaba el hombro con el brazo, sentía el calor de su mano en mi cara medio cubierta por mi melena. Me apretó fuerte y yo estuve llorando un rato, despacio, con sollozos. Fue bastante rato. Pero el padre de Vera no se movió, no trató de separarme ni de calmarme. Cualquiera que nos viese pensaría que me había ocurrido una desgracia tremenda, que toda mi familia había muerto en un accidente y cosas así. Yo seguí llorando hasta que se me pasó. Y cuando salí de entre su jersey y mi pelo, toda llena de lágrimas y mocos, no sentí ninguna vergüenza. El padre de Vera tenía un código. Yo estaba segura de que mientras estuve llorando él no se habría reído ni habría puesto cara de menuda plasta, ni habría mirado la hora disimuladamente. Había estado conmigo, holding me tight, yo era su vaso roto de ese momento, y podía estar hundiéndose el techo en la habitación de al lado, que él no me iba a dejar.

Estuvimos hablando un rato más. Me contó que esa canción sí era de su época o incluso de antes. Me dijo que cuando tenía mis años había estado muy enamorado de la mujer que la cantaba, porque tenía la voz ronca y rota como si su vida hubiera sido trágica pero ella supiera cantarla. Después me dijo lo que se supone que hay que decir: que yo era preciosa, que un montón de personas iban a abrazarme y a quererme, que dentro de muchos años, cuando viviera con alguien y estuviera feliz de hacerlo, me acordaría de esas tristezas adolescentes y sonreiría. Y luego me dijo:

—Además de acordarte y sonreír, una parte de ti seguirá triste. Algunas cosas duelen y no se pasan. Tendrás treinta y cincuenta años, y una parte de ti seguirá estando triste por los días en que no pudiste ser la reina de una fiesta, o por otros motivos que ahora no sabemos. Y aunque tu novio de ese momento te abrace muy fuerte, notarás que tu pena sigue. Hay una parte donde nunca nos abrazan. Aunque nos quieran muchísimo. Esa parte está ahí, esa pena. Y nadie llega a tocarla nunca.

A lo mejor vas y piensas que yo me enamoré un poco del padre de Vera. Piénsalo, si quieres. Me gustaba, pero no tenía fantasías de fugarme con él a ningún sitio, ni tampoco de acostarme con él. Quería saber que existía, que seguía estando ahí. Aunque ya no me correspondiera ser su vaso roto otra vez hasta dentro de un año o dos, o nunca más, yo sabría que otros lo estaban siendo y que se sentían tan rescatados como yo. A veces no han pasado ni cinco minutos y de repente te encuentras en medio de un mar horrible, lleno de olas, braceando, sin poder hacer nada. Y necesitas por lo menos un enorme barco de pesca con una grúa para que te suban despacio a cubierta. Por ahí andaría el padre de Vera, rescatando náufragos. Los de su trabajo, porque era asistente social, y también los de la gente con la que se encontraba. Eso era todo lo que yo necesitaba saber. Pero no.

El cura del funeral dijo una frase bonita: que morir era hacerse a un lado y estar en todas partes en secreto. Bonita mentira. La había sacado de un poema, vale. Pero el padre de Vera ya no estaba. Pensé en todos los náufragos a quienes no iba a recoger. Los vasos que se romperían y cuyos añicos irían a parar a la basura. Bueno, sí, había un sitio donde el padre de

Vera sí que estaría. En esa parte donde nunca nos abrazan. Porque ahora yo sabía que iba a darme igual: aunque saliera con el tío más impresionante del mundo, el más guapo, el más valiente, el más divertido, aunque ese tío me quisiera con locura y me abrazara y bailara conmigo, no iba a poder rozar la pena de que el padre de Vera se hubiera tenido que morir.

Vera y Alex estuvieron impresionantes. Y es que estuvieron normales, ¿sabes? Entre tanto abrigo de piel y tanta chaqueta azul marino, ellos iban vestidos como todos los días. Alex llevaba un canguro naranja y unos pantalones marrones. Vera una chaqueta de cremallera azul pálido y unos vaqueros. Leyeron el evangelio, salmos, algo cada uno. Y lo hicieron sin fingir que no había pasado nada, pero tampoco llorosos y dramáticos. Les quise mucho, aunque luego decidí no acercarme a saludarles. Había demasiada gente y, bueno, yo les veía todos los días en el instituto, así que me fui.

El 4 de diciembre, un funeral, ¿por eso empecé a hacerlo todo al revés? No, no fue por eso. Yo lo veo como cruzar el punto de no retorno. Vas y lo cruzas, en vez de pillarme en un funeral podía haberme pasado tomando la cerveza número 36, o el colacao número 600, o la tortilla francesa 424, o podía haber tenido mi pelea número 30 con mi madre, o haberme morreado la vez 5 con Diego. Creo que el punto de no retorno no tiene que ver con lo que hagas el día que lo cruzas. Te has ido acercando y resulta que al dar un paso más, un paso que parece bastante normal, sin embargo lo has cruzado. Un funeral no es algo demasiado normal, ya lo sé. Sobre todo si se tienen dieciséis años. Supongo que una parte de los funerales consiste en que, mientras se hacen, la gente piense en cómo será el suyo, en quiénes estarán y en qué cosas contarán sobre cómo fue su vida. Además, también piensas que puedes morirte mañana, por ejemplo. O sea, piensas que puedes morirte. Yo lo pensé. Y puede que eso influyera. Seguramente el paso que di el día 4 fue un poco más largo que los pasos de los demás días. Más que un paso, fue un salto de longitud. A lo mejor me tiré en plancha porque quería llegar ya de una vez al punto de no retorno. Lo que digo es que ya tenía bastante camino andado. Sólo me hizo falta un pequeño impulso. Y entonces dejé de atender en el instituto. También dejé de salir con los amigos.

3

No es que yo saliera mucho. Ni poco. Ni era una chica solitaria ni la reina del mambo, pero igual que dejó de importarme lo que decían en clase los profesores, dejó de hacerlo lo que hablaban mis amigas, y quedar para ir a fiestas, y Diego y sus amigos. Yo no estaba con Diego pero me gustaba. Y yo a él también. El viernes 5, Diego salió conmigo en el recreo, fuimos a la tienda de bollos. Compramos cada uno nuestra palmera de chocolate de siempre.

Enfrente de la tienda había un banco. Diego se sentó en el respaldo esperando que yo hiciera lo mismo. Me quedé de pie. Mi cara estaba muy cerca de la suya. Las letras de las canciones mienten. Pero qué podía hacer. Me imaginé que le besaba y, zas, nos besamos. Su boca sabía a palmera de chocolate. Luego sí me senté a su lado. Me preguntó si esa tarde iba a ir a casa de César. Le dije que no. No sé por qué le dije que no. Supongo que si estás nadando, el siguiente paso que das no es un paso, sino una brazada. Yo ya estaba en el agua, así que nadé.

Como hacía tiempo que había dicho en mi casa que el viernes salía, pues sí que salí. Me fui a la biblioteca municipal, a la zona de internet. Cada ordenador tiene sus auriculares ahí. Yo me puse los míos y busqué en YouTube a la cantante ronca de la que se había enamorado el padre de Vera en su adolescencia. Se llama Bonnie Tyler. Qué cosas, la cantante sigue viva, pero el padre de mi amiga, que tenía diecisiete años cuando Bonnie tenía veintiséis, está muerto. Hay un vídeo en YouTube. Bueno, hay la tira, pero había uno de 2002, o sea, que Bonnie ahí tiene cincuenta y un años, es ya mayor de lo que nunca será el padre de Vera. Está en Noruega, en lo que parece un programa de televisión con un grupo noruego. Y hablan un poco. El cantante del grupo de rock dice que él oyó mucho a Bonnie Tyler, y ella le interrumpe diciendo: when you where a little boy, cuando eras un crío, y todos ríen. Ella ahí debe de tener unos quince o quizá veinte años más que ese cantante. Tiene una melena rubia pero no trata de aparentar ser más joven, parece eso, una señora de cincuenta años que viste con pantalones de cuero y lleva la melena teñida. Tiene algunas arrugas y no está delgada.

El caso es que empiezan a cantar los dos juntos esa canción, «Total eclipse of the heart», la que yo le canté al padre de Vera: And I need you now tonight, and I need you more than ever... Ahora se ha puesto de moda que los cantantes hagan giras juntos, y se mezclen y canten unos las canciones de otros, pero a mí casi siempre me suena a falso, a lo amiguetes que son y todo eso. En el vídeo que te digo no pasa, supongo que porque no deja de ser una situación absurda: esa cantante, que ya es una señora, en Noruega, con un tipo mucho más joven, hablando en noruego sin subtítulos o en un inglés ronco y desgarrado aunque esté haciendo bromas; luego el noruego se irá a su casa y ella a su hotel, no es una gira que vayan a repetir por varias ciudades siempre presumiendo de lo amigos que son. Y la canción, bueno, es bastante cursi: eclipse total del corazón, imagínate. Pero a pesar de todo no es blanda. En parte por la música, en parte por la voz rota de Bonnie Tyler, y también por la del noruego, que no es un cantante pop ni un cantautor susurrante: tiene pinta de rockero nórdico. Los rockeros nórdicos parecen distintos. No puede ser lo mismo hacer rock en Estados Unidos que hacerlo en Noruega o en Finlandia; mientras suena la guitarra eléctrica y el bajo, por la ventana ves pasar a la gente con botas de esquiar o como sea que anden cuando la nieve cubre medio metro, pero no es sólo el frío: es estar allí arriba. A veces ves a alguien y sabes que lleva dentro un punk-rocker escandinavo, encallado en esas penínsulas cerca de ningún sitio, que intenta seguir tocando con fuerza y dignidad.

Bueno, pues la señora mayor que mi madre y el rockero nórdico se ponen a cantar, juntos, y yo sé que ellos sí tienen música. Si alguien me hubiera visto en la biblioteca, se habría quedado pálido. Sola, con un libro de texto abierto para disimular, los auriculares puestos y esas lágrimas que sólo te ponen los ojos brillantes, pero supercontenta. Luego dejé de mirar el vídeo, me limitaba a oírles: estaban juntos, ¿sabes?, en ese momento, sin rollos de amor ni rollos melodramáticos de scouts y que no nos separemos. Algunos dicen que la música es un sitio, pero yo creo que no es sólo eso: me refiero a que, por ejemplo, el estudio de televisión en donde estaban sí que era un sitio, pero no pasaba nada especial mientras hablaban. Puede que estuvieran a gusto, y eso transmite simpatía, y punto. En cambio, cuando entraron en la canción ya no estaban sólo en el estudio, y no se habían ido a otra parte.

A lo mejor estaban un poco muertos, como el padre de Vera. Aunque eso sólo sería si el cura del funeral y su poema tuvieran razón: morir es retirarse, hacerse a un lado, / ocultarse un momento, estarse quieto, / pasar el aire de una orilla a nado / y estar en todas partes en secreto. Pero morir no es eso, ya me gustaría. Yo creo que el padre de Vera no estaba conmigo en la biblioteca. Vale, lo que yo me acuerde de él sí que estaba. Lo que me enseñó, todas esas historias. Pero él no estaba. En cambio, estos dos tipos a quienes no he visto en mi vida, que nunca me han abrazado ni me han puesto la mano en la nuca ni han hecho que me parta de risa, pues esos tipos, mientras cantaban dentro de la pantalla de YouTube, sí era como si hubiesen pasado el aire de una orilla a nado y estuvieran en todas partes, también conmigo. No por la pantalla, porque les viese, sino porque les estaba oyendo. Y hasta hubo unos segundos en que los dos me trajeron al padre de Vera. Entrar en una canción tiene que ser como la electricidad: en vez de un sitio, algo que te atraviesa y, mientras lo hace, la atracción hacia unas cosas y la repulsión hacia otras se vuelve muy potente. Tanto que tienes la impresión de estar siendo abducida y ahí estás tú, fuera de órbita, en un sistema planetario nuevo donde importa lo que vibras, deseas, blasfemas y sueñas mientras vives esa maldita canción.

Después de escucharla como cuatro veces seguidas, me puse a mirar a la gente. Supongo que estar en una biblioteca un viernes a las ocho de la tarde es una mala señal, ¿no? Hay que salir para no ser un solitario, para no ser una tía rara o como de esa otra canción de mis padres, «I learned the truth at seventeen». Es superdepre. La del eclipse total, es triste, pero la música tiene bastante potencia, y esa mezcla la salva. En cambio esta que te digo es blanda: na ni, na ni, na ninini..., sin electricidad, sin batería, sin rabia. Habla de chicas feas que se quedan desesperadamente en su casa, inventando amantes en el teléfono que las llaman para ir a bailar y murmuran vagas obscenidades. Dice que no todo es lo que parece a los diecisiete. Yo tengo dieciséis, no soy muy fea ni muy guapa. ¿Tú sabes si Holden Cauldfield es guapo? Ni puta idea, ¿verdad? Algunos se acuerdan de que es alto, y de que tiene un mechón de pelo gris aunque sólo tenga diecisiete años. Pero nada más. En cambio, si fuera una chica, todos querrían saber si es guapa o no. Todavía hoy. Por eso me gustaría saltar al puto lugar donde Janis Ian esté cantando y decirle: deja de compadecerte. Es lo que me dijo el padre de Vera. Me dijo: ¿quién ha sido? Porque si tus amigos no te llaman

35

porque no tienes cara de Kate Moss, entonces han sido ellos. No tú, no tu cara. Y no tienes ninguna necesidad de quedarte en casa inventándote llamadas de algún imbécil.

Así es como debiera ser. Pero luego ahí estaba yo, en una biblioteca, porque si me quedaba en casa mi madre pensaría que era una de esas pobres chicas feas de sus canciones. Y, ¿sabes?, si me iba a casa de César, entonces iba a estar como en el instituto: oyendo llover. Hay días en los que paso flotando entre mis amigos, no entiendo su música ni sé si tienen un código.

A mi lado en la biblioteca había: un chaval con pinta de colgado total, una mujer de la edad de mi madre, un par de chicas como de segundo riéndose y viendo fotos. Y yo, que no tenía música, que odiaba la música de mis padres porque en esa música la gente se da pena. A lo mejor tus padres no tienen nada que ver con los míos, pero igual también les pasa. ¿Nunca te han dicho: espera un momento que tengo que acabar una cosa? Los míos siempre tienen que acabar algo. Como si estuvieran toda su puta vida en el tercer trimestre. Como si siguieran necesitando aprobar y sacar buenas notas. Ellos, no nosotros. Son ellos los que viven confiados en que algo va a pasar y, cuando pase, todo se arreglará. No sé lo que esperan. Pero yo creo que ya son lo bastante mayores, ¿no? Mayores para seguir esperando alguna clase de nota. No deberían decirnos: es que tengo mucho trabajo... Además, el trabajo no es como los exámenes. Tiene que haber un momento en que ya sepas hacer las cosas. Y si salen mal, pues mala suerte y punto.

Pero ahí siguen, examinándose con sus trabajos, con una bombilla que se ha fundido y tienen que cambiar, con el regalo para mis abuelos, con mi hermano y conmigo. Porque si hago algo mal, también es como si a ellos les suspendieran. Claro, si hago algo bien sonríen como si les estuvieran aprobando a ellos. ¿Y quién va a suspenderles o a aprobarles? ¿Es que no se dan cuenta de que ellos son los adultos? ¿Es que no se dan cuenta de que detrás de ellos no hay nadie? Me parece que no, no se dan cuenta, ni lo huelen, ¿sabes?, y van por ahí con sus cancioncillas: «Lo que yo quiero, muchacha de ojos tristes, es que mueras por mí.» Vaya gilipollez.

Todos esos tipos y tipas que estaban en la biblioteca seguramente eran unos colgados, como yo. Pero mira: no nos dábamos pena.

4

Aquel viernes salí de la biblioteca y estuve vagando. Tipo taxi, exactamente, pero todavía más a la deriva que un taxi, porque yo ni siquiera tenía la obligación de buscar un pasajero. Una hora es un mundo cuando has salido de casa y no has quedado con nadie. Te pones a andar. Los escaparates de las tiendas están medio apagados. Luego me fui al banco de una parada de autobús. Porque en un banco normal, de noche, con dieciséis años, sola, la gente te molesta. Te mira. Tienes que disimular y sacar el móvil como si quisieras saber la hora o esperaras un sms. En la parada de autobús, en cambio, todo el mundo cree saber por qué estás ahí. No tienen ni idea, claro. Luego llega el autobús, ellos se suben, tú te quedas y se creen que te quedas esperando un autobús distinto. Respuesta incorrecta.

Sigues ahí, llegan los nuevos, te miran sin tener ni idea de que ya llevas veinticinco minutos. Tampoco se dan cuenta de que les miras mucho más que ellos a ti.

Les miras más porque no esperas. O sea, que no estás esperando sino mirándoles. Toda esa música quejosa está hecha por gente que tiene que hacer algo y, en los ratos libres, como que les da por escribir una canción. Yo no tengo nada que hacer: ¿aprobar, estudiar, poner la mesa, recoger mi cuarto? Puede. Pero supongo que sabes lo que quiero decir. Yo no estaba en esa parada de autobús dejando de recoger mi cuarto o dejando de estudiar. Yo estaba mirando a los tipos que subían y a los que bajaban y a los que se sentaban a mi lado a esperar. ¿Ves a lo que me refiero? Los adultos, por lo menos los que yo conozco, siempre parece que cuando hacen algo están dejando de hacer otra cosa.

Menos el padre de Vera. Lo entiendes ahora, ¿verdad? El padre de Vera no estaba conmigo dejando de estar con sus hijos o con su ex mujer o con sus amigos o en su trabajo. Estaba conmigo. Yo creo que se murió porque no le dejaron estar a lo que estaba, y punto. Porque el resto de las cosas que se suponía que tenía que hacer soplaron y soplaron y su casa derribaron. Los miles de añicos de cosas rotas que él podía recomponer, y encima sabía hacerlo, no quisieron esperar. No esperamos. Fuimos como un remolino de viento creciente, nos llenamos de fuerza, fuimos un látigo de aire cargado de objetos rotos que sopla y golpea, y le hicimos trizas a él. Vale, cirrosis, se murió de cirrosis, ésa es la verdad. Vale, tenía el hígado hecho polvo y en las temporadas malas bebía mucho, más que mucho. Pero a veces hay dos verdades juntas, incluso relacionadas. Quiero decir que él intentaba ayudar, y lo conseguía, y no entiendo por qué ayudar tiene que ser difícil, por qué tiene que haber tantas cosas rotas, por qué sólo unas pocas personas se ocupan de arreglarlas.

Yo estaba en la parada de autobús como esa expresión que me gusta: a verlas venir. Aunque mi hora de llegada era las once y media, podía no haber vuelto. Vi a una chica de mi edad que se bajó y decidí seguirla. Anduvo hasta un portal. Mientras ella abría con su llave, le dije:

—Perdona, ¿puedo pasar contigo?

Me miró mosqueada. Luego se encogió de hombros:

—Sí, pasa.

Entramos y subí con ella en el ascensor.

—¿A qué piso vas?

—A ninguno.

Mirada de mosqueo otra vez. Ella iba al quinto. En el tercero, le dije:

—Me gustan los ascensores.

La chica puso cara de a mí qué. Llegamos a su piso. Salió y no dijo nada. Supongo que pensó que yo estaba mal de la cabeza. Yo también lo he pensado, pero sé que no lo estoy. Estar mal de la cabeza es una verdadera putada. Un amigo mío tuvo un brote esquizofrénico. Y lo pasa fatal. Ha adelgazado mucho. Ya no va a clase. Tiene que tomar un montón de pastillas que le dejan como a la mitad de todo. Oye voces. No es ninguna broma. Oye voces que le dicen lo que debe pensar. Así que cuando estás con él, no puede hacerte caso porque está atento a las voces que igual van y le dicen que tú te dedicas a la magia negra, y entonces él quiere pegarte, o le dicen que estás

40

muerta de hambre y él insiste en ofrecerte comida, y a veces al mismo tiempo se acuerda de que esas voces no existen y trata de hacer como que le dan igual aunque no es verdad que le den igual y tú lo notas. Es una putada enorme. A lo mejor pueden curarle. Ojalá que puedan. Siempre me acuerdo de él cuando me da por jugar a la locura y cosas así. Y no juego. Si los ascensores me gustan es porque no son la calle, pero tampoco son casas cerradas de los demás.

Me quedé dentro del ascensor mientras me preguntaba cómo sería la casa de esa chica, cómo serían sus padres. A lo mejor no eran unos padres de los que piensan que hay alguien detrás. A lo mejor eran de esos padres, en algún sitio tienen que estar, ¿no?, que saben que son adultos, que son responsables, que ELLOS son los responsables de lo que está pasando.

Salí otra vez a la calle. Había cintas de frío que me tocaban la frente, la nuca, la nariz. Estuve andando un buen rato, sin mirar las cosas ni a nadie: me fijaba sólo en mis pasos y en la resistencia: durante cuánto tiempo, pensaba, podría seguir andando si no tuviera que volver. Llegué a una zona bastante iluminada. Era una calle ancha, con farolas más blancas y muchos bares y escaparates encendidos como si las tiendas estuvieran abiertas. Anduve un buen rato. Encontré una puerta abierta con un salón de actos al fondo, así que entré. Y fui a dar con una marciana, una señora mayor que hablaba de lo lista que era, de los miles de libros que había leído, de que cuando ella estudiaba había pocas mujeres pero a ella no le importó y siguió adelante, dale que dale. Me quedé pálida. No me podía creer que fuera así y seguí escuchando. Pero nada, la tipa no contaba cuánto dinero ganaba aunque sí decía que tenía la mitad de los libros en su casa de la playa. No contaba si alguna vez había hecho cosas que hubiera preferido no hacer, cosas que querría olvidar. Parecía la ratita presumida, la, la, la, larita, barro mi universidacita. Menos mal que yo había llegado tarde y ya estaban casi al final.

Entonces se abrió el turno de preguntas y una chica de treinta tacos o por ahí le dijo que ella llevaba diez años con trabajos precarios y que había entrado en la sala para aprender algo: no para oír hablar de la biblioteca de treinta mil volúmenes que tenía esa señora; lo que a ella le importaba era saber de dónde había sacado fuerzas y dinero y qué más cosas había necesitado para llegar a tener dos casas y treinta mil volúmenes y dos puestos de trabajo. La chica le pidió menos rollo y un poco de sinceridad. No me cayó mal, era normal de alta, con melena larga y rizada, un jersey desbaratado y unos pantalones lilas.

La señora ni se inmutó; dijo, más o menos, que cada palo aguante su vela. Con su blusa blanca y su lazo negro y una falda de cuadros que se le veía por debajo de la mesa y sus zapatos con pinta de caros y sus medallas de profesora de universidad y asesora o no sé qué, le dijo a la chica que ahora todo era mucho más fácil que cuando ella era joven. Luego miró al público en general y dijo a todos, pero «especialmente a las chicas», que nosotras teníamos mucha suerte, que ella lo había tenido más difícil y que nos fijáramos en lo lejos que había llegado luchando.

Costaba creérselo, lo de que había luchado, porque si te ha ido bien en la vida, hay que ser una creída y una insensible para decirle a una persona que lo está pasando mal: mírame a mí. Además, si esa señora había acabado siendo profesora de universidad y asesora, etcétera, seguro que no era sólo por sus propios méritos. También habría tenido suerte. Alguien la habría ayudado. Y a lo mejor ella había hecho putadas, o había tenido que hacerlas, o había salido con ventaja. Pero de eso no decía nada.

Miré el reloj pensando que de todos los sitios adonde podía haber ido a parar, ése era el más muermo de todos. Por lo menos, no muy lejos de mí estaban los pantalones lila y el pelo rizado de la chica que se había quedado sin respuesta. Si la gente que quieres se muere, y si no tienes música, quizá tampoco tengas nada que perder. Me levanté desde la última fila: yo fui mi mano, en vez de levantarla me puse de pie, salí al centro del pasillo con mi cinturón de balas y tomé el micrófono de una azafata que me miró de arriba abajo.

–Querida Amanda –la conferenciante se llamaba así–, quiero darte las gracias por lo mucho que nos has enseñado. ¡Un hurra para Amanda! –La tipa flipaba–. También quiero dedicarte una canción, se llama «Tú tranquila y a lo tuyo».

Entonces empecé a cantar:

–Soñando ser el tuerto entre los ciegos, pisando a quien se ponga por delante, concéntrate en tus cartas, deja de mirar, que pierdes la partida. Tú tranquila y a lo tuyo pero no te preocupes por mí...

Unas señoras del público, furiosas, habían empezado a murmurar, y la moderadora le dijo a la azafata que me quitara el micrófono. Yo se lo di sin problemas, la azafata no tenía culpa de nada. La chica despeinada me miró, sonreía. La señora se metió conmigo, claro. Dijo que esperaba que yo no fuera una muestra del alumnado actual, porque eso querría decir que el sistema educativo atravesaba una grave crisis. Sus fans aplaudieron.

Supongo que si la vida fuera como en las películas, yo habría disparado contra esa señora y ahora estaría escribiendo desde la cárcel un libro y todo el mundo hablaría durante un par de horas del caso de Martina T. Una asesina de dieciséis años, dirían; mató a la conferenciante por rabia, porque quería decirle al mundo que su generación iba a vivir de pena. Otros dirían: no, la mató por matarla, porque ya no hay valores, porque no era capaz de distinguir entre matar o decirle: cállate. Y otros: la mató porque tenía una pistola, ¿cómo consiguió la pistola?, ¿por qué no le impidieron acceder a una? Y hablarían, y hablarían, y les gustaría que yo fuera como el tipo de *El extranjero*, alguien que mata sólo porque le molesta el ardor del sol. ¿A ti no te han recomendado leer *El extranjero*? No sé qué se piensa la gente que es la adolescencia, ¿han perdido todos la memoria o qué? El libro trata de Mersault, un tipo a quien le da todo igual, incluso la muerte de su madre, y que un día va y mata a alguien. Vale, luego les preocupan los videojuegos violentos. A mí no me importa. Lo que quiero decir es que si Mersault no mata a nadie, no le habrían hecho caso. Hay un montón de personas a las que les da todo igual pero nadie les hace caso. Y cuando te da todo igual, sí que estás bastante hecho polvo.

Luego está si me parecería bien matarla. Pues no me lo parecería, al fin y al cabo tendrá gente que la quiera, personas a quienes les daría pena que se muriese. Yo tengo un código, o por lo menos intento tenerlo. Sé que no es un código tan potente como el del padre de Vera. Y ni siquiera el suyo le sirvió. Dime: ¿qué se hace con lo demás? Arreglas un vaso que se ha roto, pero ¿y todo lo demás que se acumula, lo que no arreglas porque no te da tiempo, porque mientras hacías una cosa dejabas de hacer otra y, entonces, más cristales que pisas y que otros se clavan por tu culpa? No tengo ni idea pero algo habrá que hacer con ellos. Algo.

5

Cuando llegué a casa, mis padres discutían. Por mí. Lo que menos me gusta del mundo es que discutan por mí. Ya sé que la gente discute. Paso de los anuncios, claro, no pretendo tener un padre y una madre con sonrisa de pasta de dientes llamándose cariño todo el día. Bueno, algunos de mis amigos tienen padres más tranquilos, o será que trabajan menos, o será que son mejores. Los míos son los míos, ¿y qué?, tampoco yo soy la mejor hija de la tierra. Pero una cosa es que estén nerviosos, que vayan con prisa, que no se pongan de acuerdo, y otra cosa cuando discuten como en una de esas películas de miedo donde hay gente corriendo y de pronto cae una puerta gigante de acero y todos pasan pero alguien se queda atrás. A veces es mi padre el que se queda atrás, y a veces mi madre. Cuando discuten así nunca es por una fecha ni por una calle. Siempre es por algo suyo, y supongo que yo soy algo suyo. Ahora casi nunca discuten así por mi hermano, pero seguro que antes lo hicieron, lo que pasa es que ahora Émil vive fuera y tiene trabajo, una especie de beca-trabajo, le pagan por estudiar y trabajar o, como él dice, le han dado una beca para que trabaje gratis. En cambio, por mí discuten un montón. Se les nota en la voz y en los ojos. Se dicen cosas que no parecen muy fuertes, yo capto palabras sueltas, dinero, haberlo pensado antes, cansancio, ejemplo, tarde. No, las palabras no parecen muy fuertes pero ellos se miran como si cada uno estuviera dispuesto a dejar al otro tirado en medio del desierto sin una sola gota de agua.

¿Pelear? Vale, a mí me parece bien pelear. Pero contra tus enemigos. Entré por la puerta y les oí. Reconozco ese tono de voz como ralentizado, sin timbre, un susurro contenido y ronco. Por las palabras que pillé supe que yo era el tema, otra vez. Me metí en mi cuarto sin decir ni hola. No encendí el ordenador, aunque es lo que me hubiera gustado hacer, porque entonces habría tenido que hablar con ellos. Me acosté sin cenar y me hice la dormida cuando entraron.

A las dos de la mañana me comí en la cocina unos macarrones con tomate fríos. Podía haberlos calentado, pero no quería hacer ruido. Te escribo a ti porque sé que no me contarás la retahíla. ¿Quién había cocinado esos macarrones? Mi padre. ¿Con qué dinero los había comprado? Con el que ganan él y mi madre. ¿Quién paga la casa dónde vivo? Mis padres. ¿Que no quiero hablar con nadie, que no quiero cenar en familia? Pues tendré que buscarme un trabajo y marcharme de casa. Sí, ésa es la retahíla pero yo no vivo en una tribu donde a los dieciséis años te dejen irte sola a cazar venados. Aunque viviera en una tribu a lo mejor tampoco me dejaban, porque además de ser adolescente soy chica, y eso a veces es otra putada. ¿Cómo quieren que encuentre un trabajo y me largue de casa con dieciséis años? Tengo que seguir aquí. Podría irme, no digo que no. Pero no sería lo normal, sería megarraro, bastante difícil, tendría que dejar de estudiar y legalmente no se me permitiría alquilar una casa sin su firma. Ellos saben todo esto. Deberíamos hacer un pacto, ¿no? Para ellos el pacto es dejarme volver a las doce de la noche en vez de a las diez y media. Eso no es un pacto, es la parte de fuera, la ropa que está encima de la piel y nada más.

Necesitamos un sitio adonde ir. ¿Cuánto cuesta una casa vacía? Hay millones de casas vacías. Los adolescentes las necesitamos. Una casa para cada cien adolescentes y seguirían sobrando millones de ellas. O un local de los que se alquilan y llevan meses cerrados. Un sitio de todos y de nadie, donde no haya que pagar por estar ni consumir algo ni matricularse en un curso ni entregar un carnet. No un sitio para dormir sino para hacer cosas, o para no hacer nada estando acompañado. Lo cuidaríamos, ¿por qué piensan que no lo haríamos? ¿Porque dejamos la ropa tirada? ¿Es que es lo mismo? Pues no lo es, por mucho que se empeñen. Lo cuidaríamos y a los veinte años lo devolveríamos para los siguientes adolescentes.

48

6

Tenía todo el sábado por delante. Y todo el domingo. Pensé en llamar a Diego. Pero era un ataque de debilidad. Mira, aunque no tengo música, puestos a tenerla a lo mejor elegía algo de Extremoduro. Me gusta de ellos que no se creen nada. «Sufre Julieta en su balcón, viendo escalar a su galán. (...) ¡Hoy te la meto de todas todas!» ¿Qué quieren que nos creamos? Si yo quedara con Diego: ¿qué pasaría? Si Diego dejara de ser una foto invisible pegada en mi armario, ¿qué pasaría? Morreos en mi cuarto mientras mis padres discuten o trabajan, ir por la calle cogidos de la cintura, alguna borrachera juntos pasando frío en las aceras, masturbarnos en los servicios o en casa de un amigo, quizá pedir dinero para coger un autobús a Segovia y en una pensión con vistas a montañas... ¿creer que estamos inventando el mundo? A lo mejor ellos lo creyeron; nosotros no, supongo que hemos visto demasiadas pelis, hemos oído demasiadas historias y ya sabemos que después se vuelve, a la misma casa, al mismo instituto, a la misma ciudad donde nadie puede empezar de nuevo.

Así que le mandé un mensaje telepático de esos que no llegan nunca. Un mensaje con el que le dije que me hacía falta, que inmediatamente debía aparecer montado en un vehículo espacial, ni moto, ni bici, ni coche ni una mierda, un cohete que viajara a la velocidad de la luz para largarnos. Porque hoy lo normal ya no me basta.

—No tienen —es la voz de mi abuela— valores.

—Ni siquiera tienen valores a los que oponerse. —Ésa es mi madre—. Y nosotros hemos tenido parte de culpa.

Un día le puse a mi madre una canción de Reincidentes. Al fin y al cabo, son casi de su época. En vez de esas canciones medio country, medio pop, medio cantautor perdido que le gustan, podía gustarle Reincidentes... Bueno, pues se la puse:

«Dicen que protestar es para la juventud / que el mundo es como es y no va a cambiar / ¿dónde está mi puta generación / que escuchaba rock and roll / y aspiraba a algo mejor / uhh, cerebros aplanaos / uhh, ilusiones dirigidas / (...) viejos de nuestra edad / cuarenta sin cumplir / viejos de nuestra edad / han muerto sin morir.»

—No está mal —me dijo.

Mi madre sí piensa a veces que se han quedado quietos, su generación, ya sabes. Dice que la vida va mucho más deprisa de lo que yo me puedo imaginar. Pero por rápida que vaya: ¿por qué no saltaron? No es tan difícil. En las películas siempre hay alguien que se tira de un tren en marcha y rueda por la pendiente y a lo mejor se hace unos rasguños. Puede que en la realidad también te rompas un brazo, pero nunca he oído que nadie se haya muerto por saltar de un tren en marcha.

Tampoco creo que se arregle nada con las letras de Reincidentes o las de Fe de Ratas. Los dos grupos me caen bien, pero no son mi música. La música, la que yo quiero tener, se parece un poco a escribirte. «Es que debes darte cuenta, no tienes futuro así, / como aún te quede conciencia / no te dejarán vivir», está bien, sobre todo es mejor cuando se canta que leído, porque se canta gritándolo y a la vez con el bombeo del bajo como un corazón que ha perdido su cuerpo. Pero hay algo que me falta. Reincidentes y Fe de Ratas y los demás dicen las cosas, tienen razón, las dicen bien, nos hacen gritar, pero me falta el padre de Vera. La música, quizá no toda pero sí la que yo no tengo y necesito, ha de ser capaz de hacer lo que hacía el padre de Vera: borraba el mundo mientras estaba contigo.

Por eso digo que se parece un poco, sólo un poco, a escribirte. Mira, ahora mismo no estoy contigo, pero estoy contigo. Y no es rollo romántico. Yo no le miento a nadie si digo ahora que estoy contigo. Porque lo estoy. Claro, me dirán que quien no está conmigo eres tú. Eso es verdad sólo en parte. Yo no escribiría estas palabras si tú no estuvieras rondando. Escribiría otras. Así que de alguna manera tú sí que estás.

Cuando soñamos con alguien esa persona no nota nada. Pero luego la tienes delante y es como si algo hubiese cambiado. Por la noche sueñas que te has enrollado con alguien y puede llegar a ser muy exacto, muy nítido, puedes recordar perfectamente cómo empezasteis a tocaros y lo que pasó. Luego la ves al día siguiente, la persona no sabe lo que has soñado pero es posible que note algo, yo creo que es bastante posible. Porque yo lo noto; noto que no miro igual, absorbo un poco al mirar. Y esto tampoco es rollo romántico. Es muy distinto cómo miras a alguien cuando has soñado que os enrollasteis, y cómo lo miras cuando te gusta y te gustaría enrollarte. Si has soñado con él, o con ella, has avanzado un poco, tu mirada es mucho menos lastimera, mucho menos pedigüeña, porque tienes un secreto.

Tú estás conmigo ahora, aunque no lo sepas. No es lo que canta Enrique Urquijo: «Aunque tú no lo sepas / nos decíamos tanto / con las manos tan llenas / cada día más flacos / inventamos mareas / tripulábamos barcos.» Bonito, ¿no? Y la música no está mal, aunque es algo lúgubre. Lo malo que tienen las canciones de mis padres es que no son del todo horribles, no son del todo pop. Pero son tan mentirosas y tan blandas.

Olvida esa letra. Yo no pretendo haber estado contigo si no lo he estado. Paso de lo platónico. Yo no voy a presentarme nunca en tu casa y decirte que aunque tú lo no sepas hemos tripulado barcos. No. No lo hemos hecho. Es mentira y es mentira. Y si la canción dijera: «aunque tú no lo sepas he deseado que tripulásemos barcos», sería una canción horrible, pero no sería falsa. Hay una frase que sí me gusta, creo que la puso Quique González, que hizo esa letra a partir de un poema. Es la última frase, y no estaba en el poema ni en la canción de Urquijo. Es así: encendía con besos el mar de tus labios... «y toda tu escalera». Me gusta lo de la escalera. Lo del mar de tus labios, la verdad, es como para vomitar de cursi. Y al añadir lo de la escalera es como si dijese: vale, de acuerdo, pero la escalera es concreto. Yo pienso en esos portales donde al apretar el interruptor se enciende la luz en los descansillos y las escaleras de todos los pisos. Y luego pienso en los cuerpos. En el mío o en el tuyo. A veces te rozan y ya está, te encienden toda la escalera. Pienso en que me tocas el pezón a través de la camiseta y en mi cuerpo encendido.

Cuando te escribo y estás conmigo aunque tú no lo sepas, no fantaseo. Sé que si no estuvieras yo no habría empezado a llenar este cuaderno que, en cierto modo, se parece a salir de noche para atravesar un descampado enorme y caminos. Por eso te escribo aquí en vez de hacerlo en el ordenador. Mira, si te escribo con un ordenador, ¿cómo sabré cuándo he acabado? Jo, los que hicieron los ordenadores no se dieron cuenta de esto, es alucinante. Venga a hacer programas, a inventar iconitos y fondos de escritorio. Y un programa y otro y cuatrocientos mil. Pero resulta que no pensaron en los que íbamos a agobiarnos si nos decían que podíamos escribir sin final.

Lo peor es que nadie se agobia. Escriben y escriben. Yo no puedo. Das a abrir documento y no sabes si tienes diez folios o diez millones. Sabes que siempre hay otro más y así hasta el infinito. Yo voy a escribirte este cuaderno que se acaba. Es como el tiempo. Los minutos se van para siempre. Cuando lleno una página, paso a otra. Si no me gusta, la tacho y la arranco. Pero no hago como que no ha pasado nada: seleccionar, suprimir, y ahí está la página blanca otra vez. Que no, que no es así. Se empiezan las cosas y se acaban. No vale todo. No siempre se puede volver a empezar. No todo lo que se rompe puede arreglarse. Y a veces cuando arreglas algo rompes otra cosa sin querer. Te la juegas y apuestas por alguien, y si te falla no cambias la apuesta a mitad de la partida. Te hundes con él. Llegas hasta el fondo.

7

Bueno, pues era sábado por la mañana y no llamé a Diego. Vi el fin de semana largo como un istmo, ¿tú has visto un istmo en tu vida? Yo no, pero en primaria parecía tan importante saber lo que era. Y ahora me sirve, mira tú. Un estrechamiento de tierra en el mar que une dos continentes o una península con un continente. El fin de semana me parecía igual, una larguísima lengua de tierra entre dos continentes vacíos. Tuve un respiro porque mis padres se iban al híper y, supongo que fruto de la discusión de la noche anterior, habían decidido no obligarme a ir. Yo les dije que mejor me quedaba, que tenía cosas que hacer. La pregunta estuvo en los labios de mi padre: ¿qué cosas? Pero no la dijo.

Aunque la casa vacía me agobia bastante menos, sigue siendo la casa de mis padres; no me gusta jugar a que es la mía porque no lo es. Media hora después de que se fueran yo también salí. Fui a buscar a Vera. Se supone que debía haberla llamado primero, pero no quería hacerlo, llamar, quedar, preparar las cosas para que en la foto todo salga bien.

Llegué y su madre me dijo que Vera se había ido con Alex a comprar zapatos, pero que podía esperarla porque no tardarían mucho. Vale, dije. Nunca he estado en la casa de un muerto. Bueno, ésa no era del todo la casa del padre de Vera, pero en parte sí que lo era. En ese momento llamaron por teléfono a la madre. Como no me parecía bien quedarme allí oyendo lo que decía, me fui al cuarto de Vera. Enseguida llegó la madre: tenía que ir a recoger algo urgente del trabajo, y no estaba segura de que sus hijos se hubieran llevado las llaves, ella no iba a tardar más de un cuarto de hora, ¿me importaría a mí quedarme esperándoles ese tiempo? No me importaba.

Volví al salón. En las estanterías había muchos libros y algunas fotos. Bastante arriba, en una foto sin enmarcar, estaba el padre de Vera. Me descalcé y me puse de pie sobre un sillón para poder cogerla. Me vino Leño a la cabeza: «Descuélgate del estante / y si te quieres venir / tengo una plaza vacante / maneras de vivir.» Descolgué la foto, que no estaba colgada, del estante, y me senté con ella entre las manos. El padre de Vera estaba en un camino de tierra. La foto parecía hecha sin que él se hubiera dado cuenta: no miraba a la cámara, estaba un poco de perfil y con la cara como concentrada en algo concreto, en dónde poner el pie o en qué hora sería. Cuando miro las fotos casi siempre pienso en quién las ha hecho. Sobre todo si es una foto de alguien solo. Pero esta vez pensé sobre todo en el padre de Vera. Supongo que porque está muerto y la persona que le hizo la foto seguramente no lo está.

No me extraña que haya gente que crea en la reencarnación. Porque lo malo no es morirse, sino que ya no tienes nunca otra oportunidad. Y cuesta entenderlo. Un universo de miles de millones de años y a las personas nos toca una parte enana. El padre de Vera tenía cuarenta y ocho años, imagínate. No es nada de tiempo. Ni siquiera ochenta años es mucho tiempo, porque luego desapareces para siempre. Hay una costumbre horrible en los periódicos, sacar las fotos de los muertos en blanco y negro. Lo hacen en la página de necrológicas, y yo creo que les matan otra vez. Un cantante o una ministra o lo que sea, hasta ayer su foto aparecía en color pero, como se ha muerto, ahora vas y la cambias a blanco y negro. Porque supongo que ni siquiera buscan fotos de esas personas en blanco y negro, sino que se limitan a quitar el color de las que tienen. ¿Por qué se lo quitan?

Mira, yo a lo mejor me pasaba seis meses sin ver al padre de Vera, o más. Pues ahora podría ser lo mismo. ¿Es que no tengo derecho a mirar esta foto en color como cuando estaba vivo? Si se hubiera ido de viaje y luego lo mataran en un país lejano, yo podría estar ahora mirando su foto mientras el padre de Vera viajaba sin saber que iban a matarlo. Las personas están existiendo cuando no las vemos, es así, no se trata de ningún invento esotérico; mientras yo estaba en el sillón, descalza, con vaqueros y una chaqueta de cremallera negra, mirando la foto del padre de Vera, mis padres seguían existiendo, y mi hermano, y Alex y

Vera, y la tira de gente. Yo quiero mirar las fotos de todas las personas como si estuvieran vivas, aunque luego algunas no lo estén.

Estaba pensando en eso, mirando al padre de Vera e imaginándome que en ese momento andaba por alguna parte, de viaje, a lo mejor en un pueblo de mar con un puerto revuelto y unas olas enormes, cuando oí ruidos del ascensor que se abría. Salté disparada a dejar la foto en su sitio. Vera abrió la puerta, yo todavía estaba poniéndome los zapatos. Creo que no se dio cuenta, pero sí debió de notarme rara.

–¡Hola! ¿Ha pasado algo? ¿Qué haces aquí?

Le expliqué lo que había pasado.

–Yo me piro a casa de Marcos –dijo Alex.

Vera y yo nos fuimos a su cuarto.

–No traéis zapatos –dije.

–No. O no nos gustaban, o eran una pasada de caros.

–¿Te vienes a dar una vuelta?

–¿Adónde?

–No lo sé. Es que últimamente aguanto poco dentro de las casas.

–Vale, yo tampoco aguanto. Espera, que aviso a mi madre de que nos vamos.

En el salón, mientras Vera llamaba al móvil, me fijé en que la foto de su padre había quedado un poco torcida. Sonreí. Parecía como si el padre de Vera se hubiera movido y nos estuviera mirando.

Después, en la calle, no sabíamos adónde ir. Anduvimos. Hacía frío. Vera dijo:

–Vamos al Corte Inglés.

—Pero van a echarnos.

—Bueno, hasta que nos echen.

Lo hemos hecho otras veces. Nos vamos a la parte de muebles, que siempre está bastante vacía. Nos sentamos en una cama o en un sofá y hablamos. Al cabo de un rato viene un dependiente y nos pregunta. Decimos que estamos esperando a nuestros padres. Nos levantamos, pero cuando el dependiente se aleja, elegimos otro sofá y seguimos charlando. Luego a veces cambian el turno al dependiente y viene otro. Hasta que nos echan. También vamos a la sección de animales domésticos, y a la de ordenadores. En ésas hay que actuar un poco más, hacer como que nos queremos comprar algo muy caro. Pero creo que esa mañana ninguna de las dos tenía ganas de actuar.

—¿Muebles? —preguntó Vera.

—Sí, muebles.

Vera eligió un sillón negro con una forma rara, y yo uno azul que había al lado.

—¿Cómo está tu madre? —le pregunté.

—Hecha polvo. Pero no para de hacer cosas, creo que lo prefiere a estarse quieta.

—¿Y Alex?

—Alex, fatal. Igual que yo. De todas formas, no sé, a mí hasta ahora sólo me habían pasado cosas regulares, y me las tomaba de pena. En cambio, cuando te pasa una cosa mala de verdad, es diferente. No te angustias. Supongo que es porque no puedo hacer nada.

—Alex es muy guapo —dije—. Si no fuera más pequeño, estaría colgadísima de él.

Vera rió y yo di un bote por dentro, cómo me gustó haberla hecho reír.

—Pues yo creo que le gustas algo, porque siempre sale corriendo cuando te ve —dijo.

A mí también me dio la risa. Y es que no falla, en cuanto en algún sitio ven a alguien contento, hale, a echarlo. Apareció el dependiente, intentamos poner cara seria, estábamos esperando a nuestros padres, bla, bla, bla, no sabíamos que no podíamos sentarnos tanto tiempo. La verdad es que no lo conseguimos del todo. Nos fuimos a la sección camas, que estaba bastante lejos. Elegimos un sofá cama muy escondido en un rincón.

—¿Si tuviera dinero sabes lo que haría? —me dijo Vera.

—Comprarte un sofá más blando que éste.

—Jo, es verdad. Éste es superincómodo. Lo que haría sería comprarme una montaña.

—¿Se venden? Yo creo que son públicas.

—Nunca he preguntado, pero si se vende la tierra llana, supongo que también venderán la que está torcida. Si tienes un montón de dinero, te compras un montón de parcelas de montaña hasta que la tengas toda entera.

Vino una dependienta. Normalmente nos dejaban más rato. Creo que es que ese día tenían pocos clientes.

—Por favor, no podéis estar aquí —dijo, pero enseguida se le cambió la expresión.

Yo miré a Vera y de pronto veo que está llorando. Sin sollozar ni nada, era el llanto pausado de cuando no crees que hayas tenido la culpa sino que lloras por todo lo que falta, como si pudieras ver, oír, tocar las malditas cosas buenas que no están pasando ahora.

–¿Estás bien? –preguntó la dependienta.

–Sí –dijo Vera muy tranquila con varias lágrimas corriéndole por la cara. Se levantó y yo también me levanté. La cogí de la mano:

–¿Vamos a algún sitio?

–Vámonos a la calle.

En el ascensor se apoyó en mi hombro, como si estuviéramos bailando lento. Cada vez que alguien entraba, ella ocultaba su cabeza en mí. Atravesamos la planta baja con paso digno. En la calle dudé un momento pero enseguida tomé a Vera del brazo y me subí con ella a un autobús medio vacío.

Nos sentamos al fondo, en el penúltimo sitio, porque el último está más alto y se te ve más. No es que quisiéramos escondernos, sólo estar tranquilas. Supongo que tú también has visto por la calle gente llorando. A veces es una persona sola. Otras es un chico que abraza a una chica que llora. También he visto lo contrario, una chica que abraza a un chico que llora. O dos mujeres, una consolando a la otra. Dos tíos consolándose lo he visto menos, pero también habrá. Siempre me da mal rollo. Es como cuando estás esperando en el ambulatorio y oyes llorar a un niño dentro de alguno de esos cuartos porque le han puesto una inyección o le han hecho algo que le asusta o le duele. Y claro, no puedes hacer nada pero te quema dentro. No tienes ninguna pretensión, te echarían a patadas si te levantases y entraras donde está ese niño y te lo llevases de ahí. Pero aunque no quieras salvar a nadie, por otro lado, si pudieras lo harías: echar un borrón de tinta negra enorme sobre todo lo que hace que el crío esté asustado y empezar otra historia. Así que no me gusta nada ver a la gente que llora en la calle. Siempre pienso en cataclismos, a esa chica le acaban de decir que se ha muerto su hermana, a ese chico le acaban de decir que han atropellado a su novia, y entonces pienso que por mucho que les abracen no van a poderles consolar.

No quería que nos vieran a Vera y a mí en medio de la calle. Pero ¿dónde nos metíamos? Lo peor que podíamos hacer era volver a casa de su madre o a la mía, Vera con los ojos rojos y yo casi. En un bar la gente iba a mirarnos igual y encima tendríamos que pagar. Un autobús me pareció un buen sitio, siempre podíamos bajarnos otra vez.

¿Cómo consuelas a alguien a quien se le ha muerto alguien a quien quería? Es completamente imposible. A ver, prueba una frase que no te suene a falsa. No hay ni una sola. Era un gran tipo, pues mal porque es una putada perderlo. Era un hijo de puta, pues mal porque le estás diciendo que quería a un hijo de puta. Y además en el caso del padre de Vera es mentira; puede que fuera un desastre, pero no era malo. Va a estar siempre contigo en tu recuerdo, en las cosas que te enseñó. Pues joder, yo quiero que esté delante y me coja la mano y que me siga enseñando cosas, y me da igual si esto suena asquerosamente infantil. Él no querría que estuvieras tan triste. Vale, supongo que

62

es una de las frases menos malas de todas. Pero a mí me cuesta usarla. Porque la verdad es que no tengo ni puta idea de lo que yo querría si estuviera muerta. A lo mejor había ratos en los que sí me gustaría que la gente estuviera triste; no hechos polvo pero sí un poco tristes, acordándose de que no estoy y todo eso. Y, luego, usar esa frase es como aprovecharse. Puedes usarla para lo que te dé la gana: él querría que sacaras buenas notas, él no querría que salieras con Miguel o yo qué sé. No dije ninguna frase. Vera y yo somos más o menos igual de altas. Pero como íbamos sentadas y Vera había apoyado la cabeza en mí, parecía que yo era más alta y pude pasarle mi mano por el hombro.

Hablan todo el rato de la igualdad, pero a mí bastantes veces me gustaría ser tío, y al revés no pasa tanto. No lo digo por el sexo. Yo querría ser tío pero no para enrollarme con Vera, eso puedo hacerlo ya. Si lo piensas, es hasta increíble que haya que hacer leyes, es alucinante que en otras épocas no nos dejaran estudiar o ser ingenieras. Pero es que hay historias que no están en las leyes, no sé cómo decirlo: me refiero a lo que te pides, ¿sabes? Los tíos se pidieron cosas como consolar o defender y luego se quedaron con esas cosas. ¿Por qué no puede pedírselas cualquier persona, sea lo que sea, según su ánimo o según lo que le haya pasado? Muchos días prefiero consolar y no que me consuelen, defender y no que me defiendan. Prefiero salir en vez de quedarme esperando a que vuelva alguien. Y aunque ya no siempre sea así, aunque a veces mi madre se vaya de viaje y sea mi padre quien va a buscarla, no sé, es que los chicos se han pasado la vida viéndose en todas partes como los que llevan el barco. He oído a pocos que digan: me encantaría quedarme aquí y que vinieran a salvarme. No se trata de ser valiente. A lo mejor es incluso al revés. Porque lo que da más miedo es estar esperando y no poder hacer nada. Da mucho más miedo eso que salir a matar dragones.

Claro, también está la espalda. A veces ves a actores en las películas con una espalda como de medio metro de ancha. La mayoría de las mujeres no tenemos tanta espalda. Pero también hay hombres que tienen poca. Y mujeres que no necesitan ser muy anchas de hombros para defender. Porque no estamos en la prehistoria, no hay que salir a cazar mamuts y cargar con ellos. Ahora se puede cazar y defender de muchas maneras para las que no hace falta una espalda ancha. A mí me gustaba rodear a Vera con mi brazo y mirar a las demás personas del autobús con ojos desafiantes. Si alguien nos hubiera dicho algo, si se hubieran reído de ella o la hubieran querido asustar, habrían tenido que vérselas conmigo.

¡Vérselas conmigo! Algunas personas debemos de tener en el cuerpo o en la cabeza o en todo junto un poco más de furia que la mayoría de la gente. Tenemos esa furia y decir «tendrán que vérselas conmigo», es como decir: veréis mi furia, os quedaréis pálidos sólo de verla porque la llevo escondida y ahora, como lo habéis querido, voy a dejar que salga, que se alce igual que un oso puesto de pie. Yo no soy muy fuerte, para coger a alguien más pesado que yo en brazos, por ejemplo. Tampoco aguanto muy bien los golpes, ni los de verdad ni los otros, los que te da la gente cuando te traiciona y te hace daño. Pero no hace falta ser levantador de pesas para ir por la vida. No se nace siendo un tipo duro y ¿lo ves?, ni siquiera existe la expresión una tipa dura. Si me dan un puñetazo, yo no me quedo tan tranquila, me doblo, seguro. Pero luego me yergo otra vez. Es eso del junco que se dobla y no se parte; vale, lo he visto en *Karate Kid*, hay sitios peores. Los juncos aunque sean flexibles no son blandos, son duros. Lo que quería decir es que no soy muy fuerte pero si hubiera tenido que defender a Vera de cualquier estúpido o estúpida que se nos hubiera acercado en el autobús, te juro que habría ganado.

Vera se fue calmando, ya no sollozaba. Seguía apoyada en mí y ahora, en vez de respirar entrecortadamente, empezaba a respirar normal, a veces hasta parecía como un ronroneo suave, de persona tranquila. Habían pasado como siete paradas. En la nueve o así levantó la cabeza y miró por la ventanilla. Yo también miré, luego nos reímos. Estábamos cerca del Jardín Botánico. A Vera y a mí nos encanta el Jardín Botánico. Sólo hemos ido dos veces. La primera con el colegio, cuando teníamos doce años. La segunda fue ese día.

8

Árboles con cartelitos, menudo muermo, dirás. Para entrar en el Jardín Botánico hay que pagar, muy poco, un euro con carnet de estudiante. Pero la mayoría de la gente es tacaña. No es que sea pobre. Están dispuestos a pagar casi cuatro euros por un café en Starbucks, o diez por un cine con palomitas en La Vaguada, y más del doble por entrar en esa mierda de Faunia, que no es más que tierra con algunos animales, y puestos con hamburguesas y coca-cola. Seguro que también pagarían por entrar en el Jardín Botánico si dentro hubiera pequeñas cabañas donde te cobraran dinero extra por ver alguna flor carnívora y cosas así. Pagarían diez euros, pero no quieren pagar sólo uno porque les parece que para eso se van a un parque sin entrada. Vera y yo teníamos cinco euros entre las dos, y no nos importó pagar. Porque luego entras y es como si tuvieras el jardín entero para ti y para otros cuatro pirados como tú a los que tampoco les ha importado pagar. Mira, desde que fuimos aquella vez con el colegio habíamos querido volver y nunca lo habíamos hecho. Se nos olvida, vaya. Nos acordamos de gilipolleces, pero eso se nos había olvidado.

El jardín, aunque se escriba con mayúsculas, el Jardín, es bastante pequeño. Sin embargo, puedes no verte. Había un señor leyendo en un banco y nosotras podíamos meternos como por otra calle de plantas, y ya el señor no nos veía ni nosotras a él. Hay surtidores pequeños. Me gustan mucho más que los grandes. Los enormes, que miden dos metros como mínimo, yo creo que tienen motor. En cambio los pequeños deben de funcionar solamente con los vasos comunicantes. En segundo de ESO y este año otra vez, te explican los vasos comunicantes, pero siempre como si fuera lo más normal del mundo. Y para nada es lo más normal.

El principio de los vasos comunicantes es la hostia. Tienes dos recipientes comunicados; si lo piensas, todas las personas somos recipientes comunicados. No sólo las mujeres, no hay que tener útero para ser un recipiente, también tenemos dentro pulmones y sangre, palabras, comida, pena, ganas o furia. Pues si viertes líquido en uno de esos recipientes comunicados, se distribuirá entre los dos de tal manera que, independientemente de sus capacidades, el nivel de líquido en los dos recipientes sea el mismo. Así se hacen las fuentes, los surtidores. Creo que ponen un tubo muy alto, lleno de agua pero tapado en algún sitio, y luego otro tubo muy bajo, y echan agua en medio, entonces el agua en el tubo bajo quiere subir, necesita subir hasta llegar a la altura del tubo escondido, y cuando ves un surtidor lo que ves es el agua queriendo llegar al nivel de vaso comunicado que está en alguna parte.

Las personas somos recipientes, vale, aunque seguramente no esté tan claro que estemos comunicadas. Ruido hay, sólo que, vamos, hablar por el móvil o en persona no suele ser comunicarse. A veces sí que te comunicas. Como yo aquel día con el padre de Vera. Y ahora soy una especie de surtidor queriendo alcanzar un vaso muerto. Difícil, ¿no? Pues a mis padres no se lo parece. Pero si ellos tuvieran que hacerlo, si tuvieran que ponerse al nivel de un vaso alto pero muerto, seguro que les parecería difícil y entenderían que hubiera suspendido todo. Ya, que no se lo he contado a mis padres, ¿no?, así que ¿cómo lo van a entender? Pues no lo sé, pero entendiéndolo, para eso tendrían que estar los padres. Vale, vale, para eso están los putos adivinos que no existen.

Vera y yo nos sentamos en la piedra de color carne que había junto a tres pequeños surtidores. Desde allí no veíamos a nadie, ni nadie nos veía. Cerrabas los ojos y se oía la fuente, pájaros como en esos discos de relajación, y de vez cuando una bocina que podía ser una grulla, ya puestos. Los abrías y era como ser supermillonario y tener la supervilla romana o francesa, yo qué sé, con un jardín para nosotras. Aunque de vez en cuando pasara alguna desconocida o desconocido no nos molestaba, ni siquiera las parejas, todo el mundo va a su aire en el Jardín Botánico.

Nosotras estábamos a gusto, como además hacía frío había muy poca gente. Vera se puso a cantar un tema de los Foo Fighters: «Keep you in the dark, you know they all pretend.» Mantenerte en la oscuridad, lo sabes, es lo que todos pretenden. Empieza suave, y además Vera lo cantaba bajito. Luego, cuando llegó al estribillo, se puso a dar voces, sin chillar pero así, con fuerza, desafiante: «What if I say I'm not like the others? / what if I say I'm not just another one of your plays? / you're the pretender / what if I say I will never surrender?» Cómo nos reímos. Espero que sepas cómo suena, si no, sólo con la letra se entiende algo, pero no mucho. Tienes que imaginarte a Vera con el pelo delante de los ojos y agitando la cabeza para quitárselo. Movía la guitarra inexistente hacia delante y hacia atrás, cantaba hacia el micrófono, levantaba el puño con el brazo doblado por el codo al ritmo de la música y también golpeaba el suelo con una pierna doblada, tac, tac, al mismo ritmo.

Vera tiene unos ojos verdes medio azules realmente bonitos. También tiene un poco cara de luna llena, pero sólo un poco, no es una cara redonda sino sólo menos ovalada que la de la típica modelo. Si la ves callada, en silencio, desde luego no pensarías que tiene en la cabeza una canción de Foo Fighters sino, no sé, algo de otro estilo, música clásica, eso, te dirías: a lo mejor por su cabeza está pasando música de Bach. Así que todavía era más divertido verla contorsionarse con tanta convicción que hacía aparecer el micrófono ahí delante; yo creo que llegué a verlo plantado encima de la acequia donde estaba el surtidor. Al momento yo estaba cantando con ella. Las dos ahí subidas, tan pronto tocábamos la batería como adelantábamos la boca hacia el micrófono: «¿Qué pasa si digo que no soy como los otros, (...) qué pasa si digo que nunca me rendiré?»

Supongo que Foo Fighters es la música que oye Vera. Y Offspring, Green Day, The Killers. También le gustan Fe de Ratas, Morodo, La Fuga. Aunque yo creo que no son su música. Desde luego, cuando le gustaban Sum 41 y Blink 182, yo estaba segura de que no lo eran. Discutimos un par de veces por culpa de esos pijo-punks, pero no cambió a causa de nuestras discusiones sino porque al principio casi no los había oído. Me parece que a Vera le pasa más o menos como a mí, que todavía no ha encontrado su música, la suya, y va oyendo cosas de aquí y allá. Y algunas no están mal, pero no es lo mismo. Vamos, yo creo que cuando encontremos nuestra música podremos mirar a alguien a la cara de igual a igual, podremos decirle que tenemos un código y que queremos conocer el suyo. Por ejemplo. Pero no me dio tiempo a hablar de esto con Vera porque sonó su móvil. Su madre, claro. Lo peor es que su madre llamaba porque la mía la había llamado antes, y es que yo no tenía batería. Resulta que no quiero que me llamen. Si estoy en la piscina desnuda y todos están vestidos, mejor que no me llamen, por lo menos que me dejen tranquila.

Pero nos tuvimos que volver. Yo me habría quedado, la verdad. Y creo que Vera lo sabía, aunque no se lo dije porque no quería fastidiarla. Vera no quiere montarle números a su madre ahora. Lo entiendo.

9

Volvimos. La casa de Vera está antes que la mía. Le di un beso en los labios. Por nada muy especial y también por todo. En casa me esperaban ya con la mesa puesta. No me riñeron, sólo era esas caras que tenían. Los dos callados. Luego mi padre dijo:

—El lunes tienes un examen, ¿no?

—No voy a salir esta tarde —contesté. Y les sentó mal. No les gusta que haga atajos, pero ¿por qué no? Contesté a lo que querían saber. O sea, desde luego no querían saber si tenía examen el lunes porque lo sabían de sobra. Era el peor porque el profe va completamente a lo suyo y yo ya había tenido un par de broncas con él. Sólo me estaban diciendo: «Como te has ido sin avisar y con el móvil descargado y nos has tenido esperando para comer, y como además tienes exámenes, nos parece lo adecuado que tú misma decidas no salir.»

No me contestaron y me fui a mi cuarto con el periódico. Lo leo por ellos. Les gusta que lo haga. Yo no lo entiendo. En las lecturas siempre he ido un poco a mi aire. No soporto los elfos, por ejemplo. Ya sabes, los mundos mágicos, los universos paralelos, los amuletos, los fantasmas vampiros, yo qué sé. En cambio me he leído *A sangre fría*, de Truman Capote, *Los miserables, Moby Dick* entero y un montón de novelas de Patricia Highsmith. Ya sé que puede parecerte que estoy pirada, pero es como lo que te decía de mi boli. Es el mío, cuando se gasta le pongo otro recambio, y no lo pienso tirar. Si un tipo empieza a contarme algo y me convence, sigo con él aunque su libro tenga quinientas páginas. Cuando lees, alguien está contigo contándote cosas. Y si ese alguien tiene actitud, o por lo menos intenta tenerla, le escuchas. No necesito que me cuenten cosas de ningún otro mundo. Nacer, morirse, la rabia, las cosas buenas, las putadas de este mundo son suficientes.

Bueno, todo esto venía a cuento de que a mis padres les gusta que lea el periódico. Les debe de parecer muy maduro o algo así. Y el periódico es todavía peor que los elfos. Lo escriben muchas personas, pero es como si lo escribiera una sola, un solo tío pesado, barbudito, barrigudo, bien vestido, del que no me fío nada. En internet es diferente. Cuando lo leo en la pantalla imagino a un montón de becarios casi de mi edad. Al final son ellos los que escriben, y lo notas. A veces hay faltas, confusiones, casi siempre cortan y pegan de otros sitios. Pero sobre todo notas que hay un batiburrillo bastante mezclado de ideas, algunas noticias podría haberlas escrito un punk y otras una pija y otras alguien como Alex cuando crezca. En cambio el periódico, por lo menos el que compran mis padres, es siempre igual. Lees una noticia de Internacional o una de Cultura o de Economía, y todas las ha escrito el mismo tío, en serio. El periódico hizo que discutiéramos, y después de la discusión pensé que no iba a estudiar para ningún examen, no tenía sentido; iba a suspenderlos todos, incluso los que me sabía bastante bien.

Esto es lo que leí. Estaba en la portada, no te lo pierdas: «Estados Unidos destruye empleo al mayor ritmo en 34 años». No estaba dentro de un artículo larguísimo sino ahí, en la portada: destruye empleo. Así que ya está claro y todo es mentira. Ni hay paro, ni nada de eso. Es como tirar millones de tomates al mar. Ya sabes, si hay muchos tomates, baja el precio, así que los destruyen, y los tomates se ponen más caros. Pues con el empleo hacen lo mismo. Si hay muchos puestos de trabajo, las personas que trabajan ya no están dispuestas a comprar su puesto humillándose, dejando que le paguen una mierda y trabajando el triple de lo normal. Y como no están dispuestas, se unen para decir: oíd, no creáis que os vamos a dar la vida a cambio de un puesto de trabajo, no. Os daremos un pedacito de nuestra vida y sólo si respetáis nuestros derechos. Pero entonces los grandes tomateros del empleo van y lo destruyen, directamente, vuelcan camiones con puestos de trabajo al mar, y otra vez a arrastrarse y suplicar para que te den un puesto de mierda en cualquier parte.

Ya eran como las siete, estaba anocheciendo. Salí de mi cuarto y me fui al salón con el periódico en la mano. Plano del salón, mira: hay una estantería blanca con libros, bastantes aunque sin exagerar, y en el estante más bajo vinilos y álbumes con cedés. Eso al fondo del todo. En el otro lado un sofá azul metálico, y dos sillones de color rojo. Delante de la estantería está la mesa donde comemos los días que no comemos en la cocina, cuando somos más de cuatro. Y qué más: una ventana, dos plantas, una mesa enana delante del sofá. Pues yo entro en el salón y mi padre está sentado en uno de los sillones rojos, leyendo una revista de coches. Mi madre está en la mesa grande, ordenando unos papeles de Hacienda, creo. Mi hermano, fuera, como todos estos años. A veces le echo bastante de menos. ¿Sabes? Cuando vivía en casa y se iba a dormir a casa de un amigo o algo, siempre me dejaba su linterna. Era un pacto que teníamos. Me decía que si quería decirle algo, podía mandarle un mensaje en morse. Pero ahora, bueno, yo he crecido y él lleva dos años viviendo en A Coruña, así que el morse se acabó. Vale, sigo. Aquí llego yo con el periódico y no sé dónde ponerme. A la izquierda mi padre en el sillón, a la derecha mi madre en la mesa. Miro, miro, me voy al otro sillón.

–¿Habéis leído la portada del hoy? –pregunto.

–Sí –mi padre.

–Mhm, mhm –mi madre.

–¡Es alucinante! fantastic

–¿La portada, o algo que has leído en la portada? –dice mi padre. Me parto.

–Me parto, papá. «Estados Unidos destruye empleo al mayor ritmo en 34 años» –leo.

–Sí, parece que estamos atravesando una crisis económica –mi padre.

74

—Pues no. Justo lo que parece es lo contrario. No la atravesamos, la hacemos. O sea, la hacen porque les da la gana.

Mi madre levanta la cabeza de sus papeles y me mira.

—«Destruye empleo», ¿no lo veis? No es que el empleo se derrumbe, como si hay un terremoto y las casas se vienen abajo. Es que lo destruyen aposta. Igual que tiran los tomates al mar para que suba el precio de los tomates.

—En cierto modo, sí —mi padre.

—¿Y os da igual?

—¿Te refieres a si nos parece bien? —mi madre—. No. Nadie ha dicho que nos parezca bien.

—No sé, yo no noto nada.

—¿Qué quieres notar, Martina?

—Pues no lo sé, pero estáis en casa, tan tranquilos, como si el mundo os pareciera bien.

—Antes de juzgar, conviene saber de lo que uno está hablando —mi padre.

—Sí, claro. Yo de mis padres no sé nada.

—Puede que no lo sepas todo —mi madre.

—Pues sé bastante.

Me fui. A mi cuarto otra vez. Porque a veces no te salen las palabras. Y lo último que quería era perder el control delante de ellos. Es difícil de explicar. No sé, por ejemplo al padre de Vera estaba claro que este mundo no le gustaba. Y que hacía algo. Vale, era un desastre. Pero es que si todo está mal, ¿cómo vas a ser tú muy ordenado y organizado y muy formal llegando puntual a todas partes y sonriendo con la misma hipocresía con que sonríen los que odian? ¿Que qué es lo que hacía el padre de Vera? Trabajaba en una fundación donde había programas para gente bastante hecha polvo, jóvenes mal de la cabeza, presos que salían de la cárcel y no tenían empleo, familias que no podían mantenerse, cosas así. Ya sé que le pagaban por hacerlo, era su trabajo, así que tampoco tiene más mérito que el de cualquier otro trabajo. Mira, me da igual si tiene más mérito o menos o el mismo, el caso es que él se tomaba en serio lo que hacía, se la jugaba cada vez, con cada persona, con cada caso. A lo mejor a veces no cumplía el horario o estaba de baja por sus problemas. Pero cuando hacía algo, lo hacía, lo hacía hasta el fondo, se ocupaba, reparaba, y la gente lo respetaba. Y no sé, es que yo no pienso que sea una casualidad el que la persona que conocí a quien más he admirado y que más actitud tenía y que más se ocupaba de cuidar a la gente, al mismo tiempo fuera un desastre. Es lo malo, ¿sabes? Quiero decir que no se trata de que el padre de Vera fuera mejor o peor que otros padres. La cuestión es que era bueno y al mismo tiempo no aguantó. Verás, es que pienso que casi es normal que no aguantara, porque parece como si aquí sólo valiera que cada uno se busque la vida por su cuenta, y lo demás resulta muy difícil; nada está planeado para que puedas arreglar las cosas sino para que vayamos dejando todo atrás, gente partida, rota, y los demás tan tranquilos, como si ni nos acordáramos.

La bronca vino porque decidí que no iba a quedarme en casa estudiando. Me puse un top negro, y

76

una falda corta y mi cinturón de balas. Luego encima el abrigo. Eso me gusta mucho, ¿sabes? No llevar manga larga ni nada, pero encima llevar un abrigo que parece de mi abuelo. Es gris, como antiguo, lo compré en una tienda de segunda mano y seguramente era del abuelo de alguien, porque parece bueno, quiero decir que, por ejemplo, aunque es como una manta, te envuelves en él y no tienes nada de frío; y al mismo tiempo no pesa, porque ahora los abrigos que te venden con pinta de antiguos pesan como cuatro kilos y a mí no me gusta salir cargando con nada. Me puse luego unas deportivas negras y granates, se tarda mucho en atarlas pero me encantan, llegan hasta más arriba de los tobillos, ya sé que es una chorrada pero con ellas me siento una especie de mutante que sabe muchos secretos. Te cuento esto porque era como estarme vistiendo para la guerra. Yo sabía que cuando saliera de mi cuarto y tuviera que atravesar el salón para marcharme, se iba a armar. Y se armó.

–¿Qué haces, Martina? –mi padre.

–Me voy a dar una vuelta.

–¿Quién ha dicho que tengas permiso para salir? –mi madre.

–Yo.

–Martina, esta mañana te has ido sin avisar ni decir adónde ibas, has llegado tarde para comer, ni siquiera has pedido disculpas. Luego has dicho que te quedarías a estudiar. Deberías cumplirlo –mi madre.

–¿Por qué?

–Porque vives en esta casa y tienes que respetar las reglas –mi padre.

rebellion

–¿Que regla dice que un sábado por la tarde tenga que quedarme encerrada?

–Más tarde a lo mejor puedes salir un rato. Si has estudiado y si pides permiso. Ahora no –mi madre.

Jo, parecía que se habían repartido los turnos.

–Martina, este curso es difícil, hasta ahora te ha ido bien, pero el bachillerato es más serio que la secundaria –mi padre.

–No vemos que estés estudiando mucho este año –mi madre.

–Y recuerda lo que hablamos. Ahora es cuando las notas empiezan a ser de verdad importantes –mi padre.

–¿Por qué tengo que llamar? ¿Por qué no podéis empezar a comer sin mí? ¿Por qué no puedo decidir yo lo muy importante o lo poco importante que son las notas?

–Tu verás –mi madre.

Uf, «tú verás», «allá tú», no entiendo que nadie pueda decir eso. Una vez me contaron que eso es lo que decían los semáforos en ámbar: «Allá tú, allá tú, allá tú, allá tú, allá tú.» Yo no le diría eso a nadie que me importe. Ni siquiera a un enemigo se lo diría. Es mejor decirle a alguien que quieres que le parta un rayo, porque a pesar de todo estás con esa persona, aunque sea justo en el extremo opuesto, pero allá tú es como dejar solo a alguien, completamente solo. Allá tú: si te atropellan, a mí que me registren. Así que me dio el punto, no sé, vale, tenía un día triste, supongo, llorón y no estaba dispuesta a llorar. Me fui. Igual que antes me había ido a mi cuarto, esta vez me fui a la calle.

Mi padre salió a toda velocidad, yo ya estaba bajando por las escaleras:

—¡Ven aquí!

—¿Me vas a encerrar?

—Espero que no haga falta.

—Me voy, papá, es sábado y no he hecho nada malo como para tener que quedarme en casa.

—Ven, no te lo voy a repetir.

Mi padre a veces se parece mucho a mi madre. «Tú verás» es más o menos lo mismo que «no te lo voy a repetir». Y no me lo repitió. Yo seguí bajando la escalera. Mis deportivas hasta los tobillos me pesaban mil toneladas, pero no podía volver.

Tres pisos después estaba en la calle.

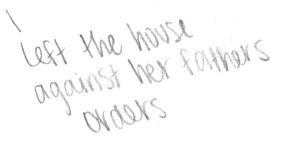

left the house against her fathers orders

10

Un sitio adonde ir. Si hubiera un sitio, una especie de casa abierta donde en una habitación hubiera gente charlando, y en otra hubiera ordenadores viejos pero que funcionasen para navegar, y en otra gente oyendo música, en otra viendo pelis, en otra se planearan cosas, en otra pudieras estar callada, a tu aire, con otra gente que también está callada o a lo mejor tú sola, y así, sería más fácil. Los centros sociales okupados son más o menos eso, pero cerca de mi casa no hay ninguno, y el único que yo conocía lo han cerrado; recuerdo que hacía muchísimo frío porque no tenían calefacción, la casa estaba que se caía, con varias ventanas rotas.

Yo creo que si hubiera un sitio así cerca de casa, me habría pasado por ahí un rato. No digo que hubiera estado sólo la media hora que querían mis padres, pero seguramente me habría bastado con una hora o un poco más. No, no hay ningún sitio; así que sales a la calle y ves un montón de puertas cerradas, eso es todo lo que ves. Puertas cerradas o tiendas y bares donde esperan que pagues por algo. Podía volver a mi casa, ¿no? Bueno, yo creo que no podía volver.

Otra vez pensé en Diego. Como siempre, tenía el móvil descargado, así que me puse a buscar una cabina que funcionara. Por fin la encontré, pero cuando iba a llamarle, me imaginé su voz. Me refiero a que es una voz bastante feliz, Diego es un tío que suele estar siempre bastante feliz, y eso está bien pero... a veces no necesitas a gente feliz. No me refiero a que necesites a alguien triste. Lo contrario de feliz no es triste, también puede ser tener actitud. En ese momento yo no tenía ganas de que Diego me consolara; además, tampoco me había pasado nada del otro mundo. Pero es como los vasos comunicantes, yo no quería ponerme más contenta ni ponerle a él más triste. Tampoco quería buscarme a un hecho polvo igual que en la historia del sabio que siempre encuentra a alguien más pobre que él. No era eso.

Lo que yo quería era alto voltaje, de verdad, me vino esa expresión a la cabeza, me imaginé un equipo de sonido como los que hay en los conciertos, altavoces que miden dos metros de alto. Y me acordé de Adri. Ya sabes. Adri, ese tío de mi clase, callado. No es alto, es como de mi estatura. Siempre está un poco retirado, no es guaperas, casi se parece un poco a Randall, el chivato de La Banda del Patio. Tiene el pelo rizado, pero no mucho, del mismo color medio castaño medio pelirrojo de Randall, y el cuello largo. Pero no es un chivato ni nada de eso, sólo alguien que va a su aire, no te lo sueles encontrar en los corrillos ni aparece cuando quedamos, la verdad es que tampoco sé si alguien le avisa. Me acordé por lo del alto voltaje. Creo que antes de llamarle sólo había hablado con él una vez este año, bastante al principio. Me refiero a hablar de charlar un poco, no de: ¿me dejas un boli? Casi nunca voy a la cafetería del insti, prefiero salir fuera a comprar un bollo. Pero estaba con un poco de gripe y me dio pereza. Adri era la única persona que había en la cafetería cuando entré. Me senté con él:

–Hola.

–Hola.

Yo estaba atenta a mi café y a mi gripe y de pronto, no sé con qué motivo, Adri me estaba hablando de *High voltage*, el primer disco de AC/DC. Me dijo que la canción que más le gusta de ese disco era «Live wire». Me acuerdo porque esa tarde busqué la expresión en el diccionario, yo sabía que quería decir cable vivo, pero eso es un poco raro, así que supuse que sería cable conectado o quizá pelado, o cable con corriente. Lo último es lo que venía en el diccionario, y que también podía ser rabo de lagartija. Luego, en eso que te ponen frases de uso, venía esta que me encantó: «Never touch a person in contact with a live wire», nunca toques a alguien en contacto con un cable con corriente. Estuve buscando la canción, pero supongo que me llamaron o me despisté, el caso es que lo dejé antes de encontrarla y me fui olvidando. Y mira, tres meses después, en la calle, con el ánimo bastante por los suelos, me sentía exactamente un cable vivo, una descarga eléctrica sin final.

Eché a andar, pero esta vez sí sabía adónde iba. Bastante lejos, aunque no tanto como para tener que coger el metro, había una tienda de vinilos. Como ahora son muy caros había pasado dos veces por delante de ella sin entrar. Yo nunca he tenido un vinilo. Pero en casa había algunos y me gustaban. Tampoco los había oído porque mis padres, aunque guardan los discos, no tienen tocadiscos, así que sólo había visto los discos por fuera, y los había sacado de la funda. Eran preciosos, negros, con reflejos y rayas. Después de como un cable vivo yo me sentía como uno de esos discos negros. Pensé que a lo mejor en la tienda me dejaban oír uno.

Se había hecho de noche y me perdí un poco; llegué a la tienda a las ocho menos diez. Además, no llevaba dinero para comprar un disco de ésos ni mucho menos. Pensé que se iban a poner de mal humor conmigo y me iban a echar enseguida porque tendrían que cerrar. Menos mal que dentro había bastante gente mirando; nadie pareció fijarse en mí. No sabía por dónde empezar así que me puse a buscar AC/DC. No encontré *High voltage*, pero había otro que se llamaba *Highway to hell*, autopista al infierno. En la carátula salían los del grupo, uno de ellos con cuernos de diablo. Me gustó cómo miraban, tenían cara de: nos da completamente igual lo que piensen, nosotros estamos bien aquí y tú, si quieres, también puedes venirte. Me quedé mirando un rato la foto y los títulos de las canciones. Luego, por fin me decidí a preguntar si me dejaban oír un tema. Detrás del mostrador había dos chicos.

–¿Puedo oír éste?

–No, no dejamos. Son piezas de coleccionista.

–Ah.

Me fui sin decir nada más, pero cuando estaba dejando el LP en su sitio, vino el mismo chico que me había dicho que no dejaban.

–Ven –dijo–. Mira, los que hay aquí están defectuosos, rayados y tal. Si el tema que buscas está bien, ésos sí podemos ponerlos. Los de AC/DC estarán ahí a la izquierda.

Empecé a mirar y él estuvo ayudándome. Encontramos dos. Sacó el primero, *Highway to hell*.

–Está bien. Faltan cinco minutos para cerrar. En cuanto cerremos te lo pongo. Sólo este tema, luego nos vamos. Si quieres lo pongo ahora, pero suena mucho mejor a todo volumen.

–Espero, gracias.

Me quedé con el disco en la mano y pensé que los vinilos eran como los cuadernos, se acaban. Eso está bien. Me refiero a que las cosas se acaben. Porque es mejor saber a qué atenerse. La gente se muere, las cosas terminan, un disco es un disco, cuando yo acabe este cuaderno dejaré de hablar contigo y si no he conseguido hacerte pasar aquí dentro, que escuches lo que yo escuché, que cruces la puerta conmigo, habré perdido mi oportunidad. Porque en la vida también se pierden oportunidades. En el insti hay gente que tiene cinco mil canciones almacenadas. Con dieciséis años, cinco mil canciones. Una música que no se acaba no sé para qué sirve. Creo que a los cedés les pasa lo mismo. Los pierdes, sacas otra copia, los estropeas y no te importa porque ya te descargarás la canción otra vez. Bueno, por un lado está bien que podamos descargar la música, copiarla y regalarla sin gastarnos muchísimo dinero. Los cedés de las tiendas con sus cajas de plástico me parecen muy caros y absurdos, para nada valen tantos euros como te cobran. Creo que los vinilos son diferentes. Porque son analógicos y la vida es analógica.

Lo digital es intercambiable: cualquier cosa la conviertes en ceros y en unos, y la puedes copiar y reproducir hasta el infinito. Pero la vida no la puedes convertir en ceros y en unos. Los ceros y los unos no se mueren, ni siquiera se cansan. Lo analógico se cansa, se gasta, es como si dibujas una raya que se va torciendo con subidas y bajadas y picos y trozos donde te tiembla el pulso. Si la música es esa cosa infinita que flota por todas partes, resulta difícil saber cuál es tu música. Y es difícil que te guste un grupo cada semana. Bueno, a mí me resulta difícil, porque en mi código la lealtad es importante. Yo no voy a fallarle a Vera nunca. A lo mejor un día la dejo plantada y otro día la mando a la mierda, pero ella seguirá sabiendo que la he elegido. Que si le fallo, es porque me estoy fallando a mí, o porque nos hemos enfadado. Pero nunca la traicionaría, ni iría cambiando de amiga cada semana.

Oí que el dependiente decía:

–Vamos a cerrar.

La gente empezó a salir, yo no sabía qué hacer; me acerqué a la puerta, dudando, con el disco en la mano todavía. El chico que había hablado conmigo me llamó y me hizo pasar detrás del mostrador. Me sentí importante.

11

Supongo que ahora tendría que contar que me ataron y amordazaron. Durante medio minuto tuve miedo. Es lo que ponen en la tele todo el rato. Dramones. Cuanto más truculentos, mejor. Me secuestraron, me vendieron a un prostíbulo de Croacia. Pues no pasó nada de eso. Uno salió y cerró la reja de la tienda, ya sabes, esas que se estiran y se encogen. Mientras tanto, el otro tomó el LP en sus manos con cuidado y lo puso en el tocadiscos. Luego los dos se miraron, me miraron y saltaron mientras decían:

—For those about to rock, we salute you!

El LP empezó a dar vueltas, la aguja lo tocó y oí esa guitarra.

Hay que oírla, todo lo que diga da igual. Era mi electricidad, lo que me estaba pasando hecho sonido y atravesando las paredes y kilómetros de carreteras mojadas por la lluvia, era como ser libre en esos sonidos, nadie podría sujetarlos, igual que los caballos que en las películas parece que nadie puede domar pero al final los doman; en cambio, lo que salía de esa guitarra era capaz de sacudirse a cualquiera que fuese a domarlo, y seguiría a su aire y no sería un caballo de montar ni ninguna otra clase de animal, sería electricidad, y me llevaría con él y yo lo llevaría conmigo.

Los dos chicos de la tienda se habían olvidado de mí, estaban en la autopista del infierno igual que yo. Luego alguien empezó a cantar. Nada de blandiblú, ¿sabes?, nada de melancolía y vocecilla que cambia cuando canta. Esa voz tenía música y gritaba con ella, no hacía putas gárgaras para arriba y para abajo, paseítos por los sonidos, no. Era potencia hecha música. Seguro que si se lo cuento a Émil, mi hermano, me dice que estoy descubriendo el Mediterráneo. *Highway to hell* no es la música de mis padres pero le falta poco. Para Émil ya son clásicos, así que se supone que para nosotros ni deberían existir. Pero ¿por qué? Si Bach fuera mi música, lo diría igual. Cuando llegó el estribillo me puse a cantarlo y gritarlo con aquellos dos chicos a quienes no conocía de nada. En ese momento todavía no estaba segura de haber encontrado mi música. Pero, a ver, sí que estaba segura de estar encontrándola. No sabía si después, cuando me fuera, cuando estuviera en la calle, cuando volviera a casa, cuando estuviera en clase, no sabría si entonces yo podría mantener esa música dentro de mí pero no sólo dentro, no quieta, no presa. A lo que me refiero es a mantener esa música en las costillas como se mantiene día y noche la respiración.

Cuando acabó la canción, quitaron el disco.

—No nos dejan hacer esto —me dijeron—. ¿Te vienes a tomar algo?

Me fui con ellos. Tenían bastante hambre y no fuimos a un bar de música ni nada sino a uno donde hacían bocadillos. Yo también tomé uno, de queso fundido y lomo, era barato y muy bueno.

–Así que te gusta AC/DC.

–Creo que sí, tampoco los he oído mucho. A vosotros sí os gustan, ¿no?

Todo esto era entre mordisco a bocadillo y trago de cerveza. Nada de sexo, drogas, infiernos.

–*Highway to hell* es el mejor disco de la historia.

–No le hagas caso, el mejor es *Appetite for destruction*, de Guns N' Roses. Pero admito que *Highway to hell* puede aspirar al segundo puesto.

–¿Y *Back in black*? –pregunté. Era el otro disco que conocía un poco de AC/DC.

–Sin Bon Scott ya no es lo mismo. Siguen siendo grandes, pero no los más grandes.

–¡Cómo me ha gustado esa guitarra! La del principio, nada más empezar.

–Es una declaración de intenciones. ¡Eh!, esto es rock. No esa chorrada de pop que hace sonido fórmula en vez de música. No se puede hacer música sin una guitarra eléctrica.

–Se puede. Algunos estilos musicales sin guitarras eléctricas se pueden disfrutar y respetar, jazz, soul, rap... Pero, habiendo un guitarrista, no darle espacio es de imbéciles.

–Las guitarras son el centro de todo. La música necesita electricidad. Igual que tú, ¿o no?

Estábamos ya terminando los bocadillos. El aspecto de mis amigos era completamente normal, ni pelo largo, ni cuero, ni tatuajes a la vista, ni anillos o pendientes. Unos vaqueros del montón, un jersey de lana casi de niños buenos. Yo parecía mucho más rockera que ellos, aunque no tenía ni idea de lo que era el rock. Se lo pregunté en cuanto terminamos los bocatas y ellos pidieron otra cerveza y yo nada. Me dijeron que me invitaban, la verdad era que no tenía más dinero, pero tampoco quería beber más. Todavía notaba la canción en el cuerpo; me parecía que si bebía más, podría perderla.

—¿Qué es el rock?

—¿Por qué nos lo preguntas? Ya lo sabes. Te hemos visto cuando oías *Highway to hell*.

—Es que casi no conozco nada más. ¿Qué hace distinto al rock?

—La actitud.

—Pero...

—Pero hay grupos que tocan rock y montan una parafernalia increíble, y no tienen actitud. Y a veces un tipo llega directamente de la calle, se sube al escenario sin ni siquiera quitarse el abrigo, está gordísimo, con aspecto de no haber dormido en tres días, parece un vagabundo, se coloca la guitarra mal puesta, ¡y da un concierto grandioso! Eso es rock 'n roll.

—Dave Wyndorf, hace tres semanas. Fue exactamente así. —Me miró—: Tienes que leer Throw'em to the lions!!! El único blog sobre materialismo dialéctico y rock 'n roll del planeta.

—Y, por supuesto, tienes que oír a Monster Magnet, son grandes.

—You found a way to make yourself scream.

89

–Creo que yo también he encontrado la forma de gritar.

–¿La has encontrado?

–Yeeaaah! –grité, distorsionando la voz. Rieron, igual que el tío de la barra. Yo también reí y creo que no se dieron cuenta de que estaba a punto de venirme abajo. Pero llorar ante desconocidos, incluso ante conocidos que no sean como el padre de Vera, nunca. Como decía la protagonista de mi libro favorito de pequeña: estaban a punto de sudarme los ojos.

–¿Has ido a algún concierto?

–No.

–El rock es el directo. Los discos son una consecuencia. Pero el buen rock es un buen directo.

–Una vez vi una película, era bastante mala y cursi, sobre todo el final era patético, se llama *Rock Star*.

–Sí, puaggh, patético.

–Pero me gustó cuando el cantante al que van a echar del grupo le dice al nuevo que las cosas no son como parecen, que nunca ha salido al escenario bebido ni drogado, que el día antes de una actuación se acuesta temprano, porque si no, no cantaría así.

–Eso puede ser. De hecho cuando las drogas entran a saco, o el alcohol, los grupos suelen dejar de hacer buen directo.

–Tienes que ir a un concierto. Pásate por la tienda de vez en cuando, nosotros te avisamos. ¿Ahora sí te apetece una caña?

–Gracias, me tengo que ir.

No lo dije pensando en volver a casa, pero tampoco era una mentira. A veces, ¿no te pasa?, estás a punto de tocar algo y entonces notas que no: no puedes tocarlo ahora, porque si lo haces va a desaparecer.

Salí de aquel bar y me entraron muchas ganas de subir a un ascensor. Supongo que tengo un poco de eso que llaman agorafobia, aunque no mucha. En realidad, nunca he estado en una gran llanura, en un desierto, en una explanada inmensa, así que no sé lo que me pasaría. Pero a veces la calle me da mal rollo, me parece que estoy en un laberinto, que tuerza por donde tuerza nunca podré salir, y pienso en el ascensor como en una salida vertical, o como en un agujero negro. Entras, subes, bajas, parece que vuelves al mismo sitio, pero no, sales a otro universo donde están las mismas calles de la misma ciudad pero en realidad son otras, porque vas a encontrarte con otras personas y porque te pasarán cosas distintas de las que te habrían pasado si no hubieses cambiado de universo. Seguí andando mirando a lo lejos y hacia arriba. Torcí a la derecha en diagonal porque por ahí se veían algunos edificios de más de siete pisos. Todos cerrados, pero bueno. Llamé al telefonillo de uno.

–Hola, soy una amiga de Paula y me he dejado el móvil, ¿me puede abrir? Es que en casa de Paula parece que no oyen el telefonillo.

Coló a la primera. Otras veces, en cambio, tengo que inventarme más de tres historias. Entré y fui al ascensor. Tenía un espejo grande y el suelo como de mármol falso. Me quedé de pie. Había nueve pisos. Di al octavo. Metí las manos en los bolsillos y vi que tenía el mp3. Como había salido así de casa, sin coger nada, pensé que no lo tenía. Tampoco solía oírlo mucho.

Vera está siempre vagando por páginas de tuenti y por todas partes buscando grupos y temas. Yo me cansé. Casi solamente tengo lo que ella me pasa, y otros dos amigos de clase. Es que un día estaba buscando y pensé que era como mirar en la guía de teléfonos. No quería encontrar mi música mirando en la wikipedia o algo parecido. Así que decidí que con lo que ellos me pasaban ya tenía suficiente. Cuando llegué al octavo, di al segundo y me puse a oír la primera canción que me saliera. Vaya, los Beatles. No sé por qué ahora les ha dado por los Beatles. Me tocó «I wanna hold your hand». De acuerdo, es mona, entrañable, diría mi tía, pero hoy, no sé, hoy es también una soberana tontería, ¿te imaginas a alguien a quien de verdad le guste la música componiendo hoy una canción así? Desde el segundo di al séptimo y ahí fue lo peor, «Lucy in the sky». «Lucy in the sky with diamonds» es una canción infumable, el organillo parece sacado de una feria, las guitarras suenan a destiempo... Un churro, y resulta que, según Émil, se hizo famosa porque supuestamente Lucy Sky y Diamonds hacían referencia al LSD y eso significaba que los Beatles estaban «en la onda». Pues sí que me importa mucho. Vale, «Let it be», «Come together», no están nada mal. Pero hay otras que dan verguenza ajena, «All you need is love», «Ob-la-di, ob-la-da», son infumables. A mí quien mejor me caía y quien más me gustaba era George Harrison, tal vez porque era el que menos pintaba allí. Mi hermano siempre me decía: ésta es de Harrison. Me encantan «Something», «Here comes the sun» y «While my guitar gently weeps», aunque tampoco sean mi música. ¿Lo

92

era AC/DC? Se me había quedado dentro aquella guitarra, y la voz de Bon Scott, y todo el tema. Pero no lo tenía en el mp3.

Di al noveno, y nada más llegar me llamaron. Es lo malo de los ascensores, siempre llama alguien y tienes que bajar. Encima entró un tipo superborde, uno de esos señores mayores con chaqueta de caza o algo así. Se fijó en que yo no le había dado a ningún piso.

—¿Bajabas?

No podía decirle que no, que iba al noveno, porque tenía pinta de ir a preguntarme a casa de quién.

—Sí —dije—. Buenas tardes.

Le molestó que fuera educada. Yo tuve suerte porque después de los Beatles venía «Knock me down» de Red Hot Chili Peppers. Me gusta esa mezcla de funk, rock y metal, y el estribillo de «Knock me down» me hizo hasta reír; ese tipo que me había bajado del noveno me miraba con la cara de mi padre cuando está más harto y desesperado de mí, y yo, mientras, oía: «Si me ves haciéndome poderosa, si me ves subiendo, derríbame, derríbame, derríbame, yo no soy más grande que la vida, I'm not bigger than life.» En esto llegamos, el señor me abre la puerta para que pase y yo le digo:

—Pase usted primero, por favor.

El hombre echa a andar pero vuelve la cara hacia mí, mosqueado. Me dan ganas de quedarme dentro del ascensor, que llame al portero y vengan a sacarme. Me dan ganas de que me sujeten y me empujen y de empujar y dar patadas, quiero pelearme con alguien y por eso creo que me ha gustado AC/DC, porque quiero gritar y hacerme sonido en los altavoces y estrellarme contra los cuerpos y las ventanas y que una parte de mí salga fuera del edificio, del concierto, del lugar donde se oye la música y siga avanzando, y llegue a donde están todos los cabrones de mierda que hacen que la vida nos duela a los demás, y les lance muy lejos por los aires. Me acuerdo de la lengua de los Rolling: es lo que me gustaría, sacarle la lengua a este individuo que debe de llevar más de dos mil euros puestos sólo en ropa. No un poco de lengua, como hacen los niños, sino esa lengua entera de los Rolling; luego, largarme dejándole ahí escandalizado por cómo somos los adolescentes. ¿Y al final qué? Al final una bola de nieve imaginada estallando contra su pecho. Al final una canción que se queda dentro. Al final «it's so lonely when you don't even know yourself». Pero odio darme pena, así que le dije una cosa, ¿sabes? Le dije:

—¿Qué piensa usted de la audición humana?

Echó a andar más deprisa. Seguramente no llegó a dar significado a mis palabras, y menos todavía a pensar una respuesta. Pero también dejó de juzgarme. Le asusté. Chica rara, drogas, miedo, socorro, eso fue lo que debió de pensar. Sin embargo, yo se lo preguntaba en serio. La audición humana es increíble, y mucho mejor que la condición humana, aunque suene parecido. Sobre la condición humana cualquiera dice lo primero que se le viene a la cabeza: que en el fondo todos llevamos un asesino dentro o un héroe o un mediocre o yo qué sé; que en las situaciones de emergencia nos volvemos unos vándalos, o muy generosos, o muy cobardes o valientes o las dos cosas. Que en el fondo lo que tenemos es un pozo sin fondo o sólo unos cuantos años de vida. Que la muerte y el sexo, que el dinero y la felicidad, que el arte y el dinero, que la tristeza y el sexo, que el daño y el hedonismo. Por mí, que digan. De la audición humana, en cambio, no pueden hablar por hablar.

Creemos que oímos bien porque podemos percibir sonidos que van desde el susurro al trueno. Pero, ¿sabes?, comparados con otros animales, tenemos bastante poca habilidad para oír. O sea, en los momentos en que no oímos nada, o sólo una voz, o sólo la bocina, hay un montón de sonidos por ahí. Y si tuviéramos otra constitución podríamos oírlos, como pasaba con los auriculares de los juegos de espía: si te los ponías, podías oír lo que estaban hablando en otra habitación con claridad. En cambio, cuando te los quitabas, sólo pillabas palabras sueltas o menos que eso. Hay muchos más sonidos de los que oímos. No creo que soportáramos oírlos todo el rato, pero molaría poder hacerlo de vez en cuando, como abrir y cerrar los ojos: entrar en un parque donde sólo puedo oír el ruido de una fuente de grifo que alguien se ha dejado abierta y, entonces, levantar el dedo pulgar o algo parecido y empezar a oírlo todo. Supongo que en realidad habría que decir a notarlo, porque el sonido es movimiento.

El mundo se mueve, pero no sólo porque dé vueltas. Tú estás en tu cuarto, y miras los bolis quietos, la mesa quieta, la cama quieta. Te parece que todo está completamente inmóvil. A lo mejor en ese momento se oye la tele puesta o la música de un vecino. Pero es que si la oyes es porque el aire se está moviendo, está vibrando aunque no sople una gota de viento y las ventanas estén cerradas y tú casi ni respires. Creo que por eso no me gustan demasiado los auriculares. No es que no los use, pero son tristes, ¿no?, es meter el sonido en una jaula enana, en el poquísimo aire que queda entre el auricular y tu oído. No me gustan, no. Prefiero los altavoces de dos metros por uno. Y que todo se mueva por fuera y por dentro.

12

Otra vez en la calle. Mis padres estarían imaginándome de juerga por ahí y yo lo único que hacía era ir a la deriva, anda, párate, cruza, vuelve a andar. Al final tenía bastante frío. Entré en un bar, pero era deprimente. Estaba medio a oscuras, casi vacío, había una máquina de monedas con una mujer mayor que no paraba de echar. Luego me acordé de que no tenía dinero; si no, habría pedido una coca-cola, porque las coca-colas a veces animan un poco. Pero me fui del bar.

Tú no sabes que lo siguiente que hice fue llamarte desde una cabina. Bueno, primero tuve que ir a otro bar más lleno y preguntar si por favor alguien me dejaba un cargador y si en el bar me dejaban enchufarlo, sólo dos minutos porque necesitaba ver la agenda. En una mesa había una chica muy agradable que me prestó el cargador. El que fuera amable y no hiciera preguntas y no pareciese superagobiada me alegró bastante. Ella misma se acercó al de la barra y pidió que nos dejaran enchufarlo.

Como el año pasado fui delegada, tengo los teléfonos de toda la clase menos los de los nuevos. Encontré el tuyo y me fui a una cabina otra vez. Sé que me habrían dejado llamar desde el bar, con el móvil enchufado, pero prefería la cabina.

–¿Sí?

–¿Está Adrián, por favor?

–Soy yo.

–Ah..., hola, soy Martina, del insti.

–Hola, Martina.

–Oye... –imagínate, de pronto me daba bastante corte, en realidad, no había pensado bien qué decirte–. ¿Te acuerdas de ese disco, *High voltage?* Es que lo he buscado pero no lo encuentro y quería ver si podías dejármelo.

–En vinilo, claro. En la red se encuentra fácil, en cambio en vinilo, es verdad, no lo tienen en ningún sitio o lo ponen a precios de locos. Te lo llevo el lunes, ¿vale?

–Sí, gracias.

Ibas a colgar y yo también pero, bueno, me atreví y te lo solté todo de golpe.

–Espera... Te llamo desde una cabina. Acabo de tener una bronca con mis padres. ¿Crees que podríamos quedar para oír ese disco o, si no podemos quedar en tu casa, ir a algún lado que se te ocurra? Pero... –Aquí iba a soltar el rollo de si no te viene mal y todas esas cosas. Sin embargo, conseguí callarme. Si te venía mal, ya me lo dirías, no tenía por qué perdonarte la vida yo, habría sido bastante falso. Me había atrevido, ¿no?, te había pedido ayuda. Pues ya estaba, si podías o no ya me lo dirías tú.

—Puedes venirte a casa. ¿Por dónde estás?

Te dije la calle y después de explicarme cómo ir en metro, dijiste que me esperarías en el andén. Eso me gustó, porque lo peor del metro son las salidas, nadie se acuerda nunca de indicártelas y luego acabas en el otro extremo de una plaza enorme. Además, a mí nunca han venido a esperarme a una estación.

Bajé del vagón del metro y te vi ahí, con las manos en los bolsillos. A lo mejor parece peliculero, y creo que no es eso. Me gustó que estuvieras ahí porque era de verdad. La estación de metro de Pirámides es verdadera, no hay ninguna locomotora que eche humo ni tampoco trenes supersónicos. Nos saludamos sin darnos un beso ni nada, los dos estábamos un poco cortados. Teníamos que esperar media hora para ir a tu casa, porque estaba tu hermana con un novio.

—¿Y tus padres?

—No suelen estar.

99

Segunda parte

1

Estuvimos viéndonos toda la semana. El viernes nos dieron las vacaciones y te fuiste a tu pueblo. Han pasado cinco días y cosas bastante raras. Ya sé que podría llamarte. O mandarte un mail para que lo veas un día que vayas a algún cíber en otro pueblo. La verdad es que de lo que me dan ganas es de subirme a un autobús y aparecer allí. Pero no voy a hacerlo, ¿sabes? Tengo que estar aquí.

El caso es que al día siguiente de la bronca mi padre volvió a discutir con mi madre. Creí que otra vez discutían por mí y fui derecha al salón para decirles que lo dejaran. Pero cuando estaba a punto de entrar, oí que no era por mí. Era por mi padre. Le decía a mi madre que no iba a buscar trabajo. ¿Cómo buscar trabajo? Mi padre ya trabajaba. Pues resulta que no. Le habían despedido el miércoles. Es duro, sabes que están despidiendo a muchísima gente, pero son personas como de un dibujo. Hasta que de repente una es mi padre. Oí que le decía a mi madre que estaba cansado, que estaba deprimido, que se iba a quedar en casa para siempre.

Me quedé pálida. Lo primero que pensé fue: eh, oye, que la adolescente soy yo. Bueno, es que yo me imagino a mi padre enfadado o de viaje, o agobiado por el trabajo, o con gripe..., pero deprimido, la verdad es que no. ¿Qué iba a hacer? ¿Empezar a vestirse raro? ¿Salir conmigo en busca de ascensores? ¿Oír canciones sin parar? ¿Meterse en la cama como si tuviera fiebre? Les estuve espiando, la verdad: necesitaba oír el resto de la conversación.

Mi madre:

—No hay ninguna urgencia. Ahora no estamos mal de dinero. Émil ya está prácticamente independizado. Con mi sueldo podemos vivir una temporada.

—¿Por qué una temporada? —mi padre—. No me crees pero estoy hablando en serio. No aguantaría volver, no aguantaría otra entrevista de trabajo.

—Sí te creo —mi madre—. Pero ninguna decisión se toma para toda la vida. ¿Y si mañana yo tengo un accidente? Te creo, de acuerdo, quédate en casa. Pero no me digas que va a ser para siempre, porque nadie sabe qué cosas son para siempre.

—No lo entiendes —mi padre—. ¿No ves que si me quedo y sé que cada día que pase estarás esperando que yo diga: ya está, ya me he recuperado, voy a salir al mundo otra vez, no ves que entonces no podré aguantarlo?

—No, no lo veo —mi madre, temblorosa—. Acabas de contarme todo esto. Puede que yo necesite tiempo.

—Llora —mi padre—. Llora tú una vez más. Espera

que sea yo quien te consuele porque yo mismo estoy deprimido.

Empujé deprisa la puerta del cuarto de baño y me libré por los pelos de que me viera mi padre. Él salió andando despacio, miraba el suelo.

Qué movida más rara. Me acordé de las pesas. Es una historia que me contó Vera una vez sobre su hermano Alex y que se me quedó grabada. Resulta que cuando Vera tenía nueve años y Alex siete, vino un tío suyo que tiene mucho dinero y al que casi nunca ven y les dio un billete a cada uno. Al día siguiente su madre les llevó a una tienda para que se compraran algo. Era una juguetería enorme. Vera vio una gran caja de pinturas y la compró. Ella pensaba que le habría gustado que les hiciera ese regalo dos años antes, porque había un montón de muñecas y scalextrics y barcos piratas y castillos, cosas que ya casi no usaba. Pensó que por lo menos su hermano sí podría darse el gusto de comprar algo así. Sin embargo, Alex había ido avanzando hacia el fondo de la tienda, donde estaba la parte de deportes. Vera le acompañó, supuso que su hermano iba a elegir un traje de futbolista con rodilleras y espinilleras. Luego llegó su madre, se pusieron a hablar, perdieron a Alex de vista. Hasta que le vieron aparecer llevando una caja pequeña. No tenían ni idea de lo que podía ser y Alex se lo explicó: dos pesas de un kilo cada una.

Vera se quedó pálida y yo también cuando me lo contaba. Porque nos dimos cuenta de que cada vez que habíamos estado viendo una peli con Alex donde salían princesas, barcos, gente que iba de un lado para otro, peleas, raptos y vestidos bonitos, mientras nosotras pensábamos en los vestidos y en los viajes y en los príncipes que raptaban, Alex había estado pensando en las peleas. No conoces a Alex, ¿verdad? Es, y también lo era entonces, superflacucho. Se parece un poco a ti, pero es más flaco todavía. Y entonces tenía siete años. Así que imagínate a un niño flacucho de siete años viendo a los tipos que reparten puñetazos y logran tumbar a no sé cuántos y luego cogen en brazos a la chica y se cuelgan de una cuerda y saltan con ella sin que se les caiga la chica ni se caigan ellos. Bueno, claro, a lo mejor a ti te pasaba igual que a Alex. Yo reconozco que hasta que Vera me contó esa historia, nunca me había puesto a pensar en lo agobiante que podía ser para un chico imaginar que iba a tener que pasarse la vida dando puñetazos y ganando las peleas.

A pesar de todo prefiero ese agobio al de las chicas, porque nosotras no podemos hacer nada. Quiero decir que si haces pesas, bueno, te puede salir o no: pero ser guapa, hacer cosas para ser guapa, operarte, yo qué sé, eso no es hacer algo. Otros te lo hacen. Otros fabrican el vestido. Otros dicen si les gustas o no. Dar puñetazos, pues mira, o los das, o pasas. Pero lo de las chicas es como estar en un escaparate, a mí me parece peor. Por lo menos, cuando tienes quince años y todo eso. En cambio, cuando tienes cuarenta y nueve, como mi padre, puede que sea peor tener que dar puñetazos.

Mi padre se había cansado de darlos. Eso fue lo que pensé. Y también que ser adulto a veces debe de aplastar un poco. Ellos no pueden irse. Bueno, todo el mundo puede irse. Sin embargo, ese día mi madre se quedó en el mismo sitio donde había sido la discusión. Y mi padre estaba en el dormitorio. Y los dos tenían que seguir haciendo como que eran mayores y responsables; por lo tanto, no iban a largarse de repente a una tienda de discos o a casa de un amigo. Ni siquiera podían encerrarse en su cuarto a oír música, que fue lo que yo hice. O sea, podían, pero hubiera sido bastante ridículo. Supongo que es porque a pesar de todo se supone que ellos todavía tienen que cuidarme. Aunque eso no está tan claro. Hay islas, ya te lo decía, donde a mi edad nadie te cuida, debes buscarte la vida y a lo mejor hasta es más razonable. Porque mientras nuestra única responsabilidad sean las notas, no sé, quizá sigamos llenos de dudas año tras año. No es que quiera empezar a trabajar enseguida. Pero creo que hay algo que no está bien.

Me puse a oír la canción de Mott the Hoople que me pasaste: «All the young dudes». Es buenísima. Suena y estás dentro, su sonido crea un cuarto diferente del lugar en donde la oyes, un cuarto donde sí puedes quedarte, y también me gusta la letra: «Wendy roba ropa del Mark and Sparks. Y Freddy tiene granos de tanto quitarse purpurina de su cara. Una pequeña raza asustada. En la televisión están locos, dicen que somos delincuentes juveniles.» Se la puse a Diego el último día de insti y me dijo que era música del siglo pasado. Y qué. De todas las cosas que he oído, el rock es lo que más se parece a mi música. Lo escucho y casi puedo permanecer ahí, como estar en el tejado mirando las estrellas y abajo todos los co-

107

ches, y poder verte, ya sabes, como un refugio nocturno o, durante segundos, como ese sitio con cuartos y sillones gastados y amplificadores, guitarras, un hornillo y una vieja nevera que podríamos tener. «Todos los jóvenes colegas, / que corra la voz. / Bogaloo colegas, / que corra la voz.» Aunque mejor en inglés y con los comentarios de Ian Hunter: «All the young dudes (hey dudes) / carry the news (where are ya) / boogaloo dudes (stand up, come on) / carry the news.»

Me quedé en mi habitación con la música alta, pensando: sí, somos una pequeña raza asustada. También pensé que David Bowie no tenía razón, aunque él escribiera la letra, la canción no trata de lo que él dice que trata: que el fin del mundo iba a ser dentro de cinco años, jo, fíjate eso a quién le importa, y más ahora que han pasado como treinta. A veces quien escribe una canción no tiene ni idea de lo que está diciendo, es lo bueno de la música. A mí David Bowie no me cae bien, pero el tipo escribe «All the young dudes» y luego llegan Mott the Hoople y sus voces, los directos, todos los que escuchan hacen que la canción diga lo que tiene que decir, no lo que Bowie quería que dijese. Cuentan que esta canción se convirtió en un himno de solidaridad de los «disaffected», ¿colgados?, ¿solitarios?, ¿los sin afecto?, no sé, un himno de los adolescentes perdidos, supongo, pero un himno sin angustia ni sentimentaloide. Cuando me dijiste el título pensé que la canción se llamaba: todas las dudas de los jóvenes, pero resulta que «dude» es como colega, tío o algo parecido, bueno, sea lo que sea yo pensé en todos nosotros y nosotras, que vamos dando tumbos. Y pensé que mi padre no podía ponerse esa canción, él hace mucho que cumplió veinticinco años, «eso es vivir deprisa, no quieres seguir viviendo cuando tienes veinticinco años». Algunos dicen que las letras no son tan importantes, pues a mí me importan. Ésta no conseguía traducirla bien pero he encontrado una buena versión en un sitio llamado salivazo.zonalibre.org. Y es lo que pasa, ¿ves? Parece que una página web es un sitio, se llama sitio, pero no tiene paredes ni cabe tu cuerpo. Necesitamos un sitio de verdad.

Hay otra cosa que me gusta de la canción, es la parte de: «Mi hermano ha vuelto a casa con sus Beatles y sus Stones. Nosotros nunca vamos a hacer la revolución, qué palo, demasiados problemas.» «We never got it off on that revolution stuff. What a drag too many snags.» Émil, mi hermano, a veces vuelve a casa, aunque ahora ya no trae sus Beatles ni sus Stones, sino música más modernilla y un poco blanda, Arctic Monkeys o Belle and Sebastian. Son grupos que no están mal, aunque me imagino que sirven mejor cuando te gustan las cosas que te rodean, tienes pasta, proyectos, yo qué sé. En cambio cuando sientes que vives en una sociedad de mierda, cuando estás jodida y quieres romper cosas, entonces a mí estos tipos no tienen mucho que decirme, y eso que algunas letras son aceptables, pero es la música, ¿sabes?, es una música que se conforma con un cuarto de estar cerrado con llave donde no lleguen nunca los añicos de fuera, la furia de la electricidad, sino sólo sonidos domesticados, pensados para el hueco que dejan en tu oído los auriculares pijos de un iPod.

– Rock music comforts her and compares it to society

109

2

Sigo sin llamarte. Ojalá lo entiendas cuando te dé el cuaderno entero. Esta mañana me ha costado no decirte que todo va bien, que estoy viva, que recuerdo una y otra vez cuando me acariciaste los labios y luego metiste tus dedos en mi boca y estuvimos así, con los ojos cerrados, creo que nunca en mi vida volveré a desear tanto a alguien como lo hice durante ese rato, nunca en mi vida, a nadie, ni siquiera a ti.

Mi padre sigue en casa. A lo mejor no es para tanto. Total, mi madre tiene trabajo, y supongo que si hubiera sido al revés nadie se habría extrañado mucho. Lo cual no es muy razonable, pero así están las cosas. Viviremos un poco peor, vale ¿y qué? O sea, tampoco es que antes hiciéramos grandes cosas. A lo mejor hasta nos libramos de tener que ir de viaje en vacaciones. Mi padre tiene cuarenta y nueve años: ¿qué va a hacer hasta que tenga setenta? No lo sé.

No lo lleva mal, la verdad. Además, yo creo que si le preguntas a mi madre si querría quedarse ella en casa y no ir a trabajar, te dice que no. Bueno, ahora. Lleva una racha contenta porque le han puesto en un departamento diferente y le gusta lo que hace: trabaja con ordenadores y todo eso.

Pero, claro, imagínate que dentro de un año la trasladan o la ponen a hacer cosas que no le gusten o la despiden, ¿qué hacemos? Sí, yo a lo mejor podría encontrar un trabajo, pero sólo serviría para no tener que costarles dinero a ellos, no creo que ganara lo bastante para pagar la casa, la luz y el adsl y la compra y todas las facturas. Total, eso no ha pasado, así que ¿por qué preocuparse? Pero estoy preocupada, por eso no contesto a tus correos ni te llamo. No es que no confíe en ti. No es que no me atreva a decir: quiero que me ayudes. Sólo que una cosa es que ayudes y otra que cargues conmigo. Llámalo orgullo. Al fin y al cabo, ¿quién no tiene dentro el ego de una jodida rockstar?

Ni siquiera estoy segura, todavía, de por qué he suspendido. «Organiza tu rabia», ¿te acuerdas de esa pintada que vimos el jueves en el insti? Bueno, no se le puede llamar pintada. Lo había escrito alguien con bolígrafo en la pared del pasillo. Supongo que alguien del insti, pero somos casi ochocientos, así que no voy a ir por ahí preguntando quién la hizo. ¿Tú crees que hay alguna manera de organizar la rabia? Yo creía que la manera era la música. Por eso buscaba tanto mi música. Pero ahora que la voy encontrando sigo teniendo la rabia desordenada, perdida.

Ayer me pasé la mañana entera con el portátil. Fue porque no quería salir de mi cuarto y encontrarme con mi padre. Y no quería poner la música alta y darle una excusa para que entrase él. Aunque tampoco es que parezca tener mucho interés en entrar. Creo que le pasa como a mí, bueno, como me pasaba a mí antes: estaba deseando que acabaran las vacaciones de mis padres para no tener que encontrármelos en casa. Mi padre debe de estar deseando que yo vuelva a clase. El caso es que ayer estuve todo el día navegando. Me puse a buscar cosas sobre el chico griego al que mataron hace unos días, Alexandros Grigoropoulos.

Creo que empecé a buscar porque ese chico se parecía bastante a ti; no estaba tan flaco y tenía el pelo más oscuro, pero la boca y los ojos eran como los tuyos. En Grecia hubo, y sigue habiendo, un montón de manifestaciones para protestar por eso. Algunos dicen que la muerte del chico fue sólo la gota que colmó el vaso, el vaso de la rabia. Le mató la policía. Estaba con sus amigos y un policía le disparó. Hay gente que dice que la rabia ha llegado a encauzarse de esa manera porque el chico era griego; que a veces la policía mata a emigrantes y entonces no se organizan grandes manifestaciones. Seguro que tienen razón, pero eso no significa que esté mal salir a la calle para protestar por la muerte de alguien: podías haber sido tú.

A lo mejor suspender fue lo equivalente a salir a la calle. De pronto no aguantas y sales a gritar, y hay más gente como tú, y no me extraña que se acaben rompiendo cristales o quemando los cubos de basura. Porque lo otro, esas manifestaciones a las que van mis padres que están convocadas por los responsables de todo esto y son muy ordenadas, y las pancartas parece que las ha hecho una empresa de pancartas, las personas andan un par de horas y la manifestación termina puntual, bueno, eso no sé para qué sirve. Es como un paseo. Suspendí igual que los griegos se pusieron a quemar papeleras pero me parece que ninguna de las dos cosas organiza la rabia. La hace estallar, eso es todo.

Una canción la organiza más, elige un principio, un final y pone de acuerdo a los instrumentos. Es como alguien que te lleva a un sitio en coche, o te acompaña. La canción te espera, o a veces se va. Y tú llegas a ese sitio y entonces es cuando tienes que organizar la rabia pero no sabes cómo. Lo raro ha sido darse cuenta de que tampoco mi padre sabe. Yo creí que él ya habría pasado por todo esto. Creí que habría tenido ganas de romperlo todo, pero luego habría ido encontrando lugares, personas, y se habría conformado. Es lo que le pasa a la mayoría de los padres, ¿no? El caso es que yo me sentía bastante mal porque de repente prefería tener un padre conformista a tener un padre que no pudiera soportar su trabajo en una radio comercial. A veces necesitas dar puñetazos contra algo. Pero no puedes ponerte a dar puñetazos a un saco de arena que está vivo y se mueve y se siente demasiado golpeado y huye.

Los estudiantes que salieron a protestar por la muerte de Alexandros Grigoropoulos escribieron algo a los adultos, contra los adultos. Les decían: «No nos tiréis más gases lacrimógenos; sabemos llorar solos.»

113

Mira, te copio un trozo: «También vosotros fuisteis jóvenes en otro tiempo. Ahora corréis tras el dinero, sólo os preocupáis por la imagen... Habéis olvidado.» Primero les atacaban y luego les pedían ayuda. Pero ¿qué haces si no puedes atacarles? Ya sé que suena absurdo, es como si estuviera reclamando el derecho a tener un padre que sólo se preocupa por el dinero. Ni siquiera nos han dejado eso, ¿sabes? A nuestra generación, si es que somos una generación. ¿A qué edad se empieza a ser generación? ¿Tienes que haber hecho algo, o basta con que te lo hayan hecho? Por otro lado, tampoco mi padre iba a salir conmigo a la calle a quemar papeleras, en el caso de que yo quisiera quemarlas. Pero ¿iba a seguir echándome la bronca si suspendía? La cosa era un poco extraña; al quedarse en casa, él se quedaba también sin argumentos. No podía decirme: si no estudias un día te pasará lo que a mí, no podrás soportar tener que ir ofreciéndote para que te contraten como si te vendieras. Porque él ha estudiado.

Menos mal que me llamó Vera. Había una fiesta en casa de Iván. Y fui. Porque, claro, estando así mi padre, en casa todo el día, de repente eso de quedarme yo en casa y no querer ver a nadie, o a casi nadie, no me encajaba. Y tampoco tenía ganas de echarme a la calle sin rumbo.

No me encantan las fiestas. Siempre pasa, ¿no? Están los que siguen al héroe de la película y alucinan con cómo cruza el puente levadizo saltando con el coche por el aire justo cuando el puente empieza a partirse en dos. Luego estamos los que nos quedamos pensando en el tipo que iba conduciendo por la calzada y de pronto el coche del héroe se le echó encima y a lo mejor no le ha matado pero le ha roto las dos piernas. O lo típico: el tendero ha colocado todas sus naranjas en su puesto pero el héroe pasa en moto y las naranjas ruedan por el suelo y justo cuando ha vuelto a colocar casi la mitad, pasa el perseguidor del héroe y termina de destrozar el puesto, y te ríes. En las fiestas también hay damnificados.

En las fiestas están los que no fuimos tan felices y desde luego no vamos a hacer una canción moñas con nuestra historia. Pero tampoco vamos a inventarnos la vida como se supone que tiene que ser: te vistes sexy, te colocas un poco, te ríes, bailas, tonteas con cuatro o cinco, hablas de cosas superinteresantes en una terraza, vuelves a bailar, besas a alguien que no es tu chico y también a tu chico, se va haciendo tarde, la gente te roza y tú a ellos, la vida es maravillosa, sonríes, eres de las últimas en irte y luego el lunes hablarás con tus amigos de la fiesta como si hablaras de un viaje a la luna o a alguna otra parte adonde muy pocos pueden ir.

No, no siempre es así; a veces te aburres, a veces sabes que estás ahí porque no tienes otro sitio en donde estar, a veces ríes sin que las cosas te hagan gracia y bailas la música que no te gusta, y hablas con quien no querrías estar hablando. Y no pasa nada, pero así están las cosas, las fiestas acaban siendo como todo lo demás y ni siquiera se oculta, para nada se intenta aparentar que la felicidad de los superguays no necesite llevarse por delante nuestros coches baratos y nuestros puestos de fruta. Lo necesita. Porque si el héroe no destrozara ninguna casa, ningún coche, ningún semáforo, si los superguays no te arrojaran sus sonrisas a propósito, aposta sí, si no gritaran para que tú lo oigas: mira lo bien que me lo estoy pasando, entonces no habría héroe ni superguays, sino sólo personas que no procurarían que te quedases fuera para así sentirse bien.

Fui a la fiesta y te eché horriblemente de menos; besé a Vera, nos besamos y nos reímos y conseguimos que los superguays desaparecieran durante un buen rato del horizonte. Por lo menos del nuestro. O sea, nadie nos hizo mucho caso. Como Vera tiene la cara un poco de luna llena, eso hace que parezca que no es ágil ni fuerte, aunque luego sí lo es. Pero tienes que saber mirarla. Si sólo te fijas en su cara puedes pensar que es la típica cara de esas chicas guapas que cantan muy bien pero que cuando crezcan un poco más estarán fofas. Y yo tengo cara de chico; lo sé, las chicas con cara de chico solemos gustar a otros chicos, a veces, pero no somos despampanantes. Así que Vera y yo besándonos no llamábamos la atención, sólo parecíamos lo que éramos, dos chicas del montón que se llevaban bien y que al bailar habían tenido ganas de besarse en la boca porque hacerlo es seguir bailando por dentro. Nos marchamos bastante pronto.

En vez de en metro, decidimos volver andando. Me daba palo hablar con Vera de mi padre. Porque el suyo no estaba. Y entonces Vera me dijo:

—Tengo las llaves de casa de mi padre. Mi madre la va a vaciar esta semana. Y luego tendremos que dejar la casa para siempre, la alquilarán otras personas. ¿Quieres que vayamos?

Jo, claro que quería.

116

3

Es muy extraño entrar en la casa de alguien que se ha muerto. No consigues creerte que sea así. Están sus cosas y, en cierto modo, todos flotamos entre nuestras cosas, supongo que hay en ellas células de nuestra piel y hasta el aire que ha pasado por nuestros pulmones debe de tener aún nuestro código genético. Además está la costumbre. Yo sólo había ido tres veces a esa casa, siempre con Alex, Vera y su padre. Ahora miraba el arco de una puerta y era como esos tests donde te ponen una figura inacabada y tú la acabas sin querer, al mirarla la acabas incluso aunque no quieras.

Bajo el arco yo veía al padre de Vera de pie, mirándonos con esa expresión que sólo le he visto a él. ¿Sabes cuando vas a echarte a reír y has cruzado el punto de no retorno, ya no podrías contener la risa aunque quisieras pero todavía no estás riéndote, todavía tienes la boca casi recta y no se oyen las carcajadas? Pues así era como miraba el padre de Vera, con la boca de quien podría reír en cualquier momento pero, además, ha logrado controlar el punto de no retorno y es capaz de pasarse quince minutos y hasta dos horas con la risa quieta en su cara.

La última vez que fui era para celebrar que se había comprado un sofá nuevo, naranja, completamente naranja. Le hacía buena falta. El anterior lo había sacado de un contenedor, era de cuero rojo con patas de madera y estaba viejísimo. Así que se compró un sofá naranja, no tenía patas ni nada, pero era muy cómodo, como un colchón doblado varias veces, tres partes por un lado y una por la espalda. Tenía dos cilindros naranjas que servían de brazos, el que estaba junto a la pared se sujetaba, el otro no; yo pensé que iba a estar siempre rodando por la casa. Así que nada más llegar busqué el segundo cilindro naranja: no estaba en su sitio, lo vi encima de un sillón de madera un poco apartado. Enseguida fui al sillón de madera, me senté y me quedé abrazada al almohadón naranja sin saber qué decir.

–Todavía están sus discos –dijo Vera–. ¿Te apetece oír algo en especial?

–A ver, dime qué hay.

Empezó a decir nombres que me sonaban, otros que no había oído en mi vida. Y entonces leyó el título del que tú me habías dicho que era el mejor disco de todos los tiempos: *Appetite for destruction.*

–Ése –dije.

–Vale, yo elijo el tema.

Las primeras notas de «Sweet child o'mine» son el sitio donde quiero que empiece mi cuerpo cuando vuelvas y me toques.

Mientras sonaba la voz, Vera se fue a cinco mil kilómetros a la derecha y yo a cinco mil a la izquierda. Estábamos lejísimos, pero luego viene una guitarra otra vez, y se queja, y cruje, y creo que a las dos se nos partía el corazón. Si algo cruje y luego se parte, no habrá un tajo limpio sino esquirlas o astillas, trozos que se clavan. Así es como se nos partía. Entonces le dije: ahora pon «Think about you». «There wasn't much in this heart of mine / there was a little left and babe you found it / it's funny how I never felt so high / it's a feelin' that I know / I know I'll never forget.» Con esa canción empezamos a bailar, más bien a saltar: no había mucho en este corazón mío, habían dejado muy poco y tú lo encontraste, es divertido pensar que nunca me sentí a tanta altura, es un sentimiento que lo sé, lo sé, no olvidaré jamás.

Creo que lo mezclábamos todo, mis ganas de que estuvieras, las ganas de Vera de ver a Miguel, mezclábamos eso con estar terriblemente seguras de que el padre de Vera no iba a llegar en ningún momento, no iba a meter la llave en la puerta y mirarnos al borde de la risa, o lo contrario, ni siquiera mirarnos. Me refiero a esas veces en que te miraba sin verte, igual que si acabaran de darle un puñetazo en la sien y le hubieran dejado sonado; entonces era duro porque pasaba junto a ti, o por el lado de Vera y no la veía, y ella le decía: ¿nos vamos a casa?, y su padre ni siquiera contestaba, así que Vera tenía que darle la mano como si tuviera seis años y meter ella el ticket del metro y hasta empujarle para que hiciera girar el torniquete. Yo les acompañé un día pero les dejé en el portal, Vera no quiso que subiera.

Hay algo que no se llama desesperación, se llama muerte. Debería poderse vivir sin ella, pero no. Todo lo que nos pasaba a Vera y a mí podía meterse en uno de mis bolsillos apretados del pantalón vaquero. Todo menos que su padre se hubiera ido para siempre. Eso no cabía en el salón, ni en toda la casa. Creo que el rock me está gustando porque vive con la muerte, la sabe. Más allá de los rockeros muertos, es que el sonido del rock, y no me refiero sólo al volumen, a los decibelios, sino a cada uno de los movimientos del aire, ese sonido de llamaradas eléctricas gime sin replegarse, se enfrenta como un ataque generalizado contra todos los que intentan acabar contigo, y por eso sirve para contar algo mucho más punk que todas las cosas blandas de los que nunca necesitarán ser duros ni fuertes porque otros reciben los golpes en su lugar.

Los adolescentes pensamos a veces que nos morimos, pero los niños piensan que los demás se mueren y entonces qué les va a pasar a ellos. El rock se acuerda de eso. No es que se acuerde todo el día, pero lo tiene en la cabeza, y por eso le importan muy poco los dilemas de los pijos, que si el pétalo de la flor tiembla como un copo de ceniza, que si ahora se van de viaje, que si nada es blanco ni negro.

Nos encantaba bailar saltando, cansándonos, gritando. Así que pusimos «Welcome to the jungle», y cuando simulábamos tocar la guitarra en realidad estábamos agujereando el mundo. A lo mejor por uno de esos agujeros se había largado el padre de Vera, y entonces, al menos, le podríamos ver.

Estábamos aceleradas y sudorosas. Vera apagó la música y fuimos a la cocina a buscar algo. Nos daba mal rollo abrir la nevera. Ya había pasado bastante tiempo y nos imaginamos que la madre de Vera la habría vaciado. Pero a lo mejor sólo sacó los alimentos que iban a ponerse malos y al abrirla nos encontrábamos con una lata de cerveza o uno de los bricks de leche que el padre de Vera compró confiando en que viviría para poder tomarlos. Estuvimos bebiendo agua de pie, cada una pensando en sus cosas.

—No quiero volver a casa —dijo Vera.

—¿Quieres que nos quedemos aquí?

—¿Tú podrías?

—Sí, voy a llamar —dije—. Espero que no lo coja mi padre.

Mala suerte, descolgó él. Pero lo que hice fue no pedir permiso.

—Papá, estoy con Vera y no se encuentra muy bien. Me quedo a dormir con ella.

No dije dónde iba a quedarme, y tampoco dije ¿vale? o algo parecido.

Mi padre contestó:

—Hasta mañana.

Eso era nuevo, él tampoco preguntó ni dijo nada más.

—¿Qué? —dijo Vera.

—Que sí —dije, pero sin contarle lo de mi padre.

En casa de Vera se puso su madre.

—Estoy con Martina. Hemos venido a casa de

papá, como ya vais a dejarla. Me voy a quedar aquí con ella.

Por lo visto su madre protestó porque no había sábanas y alguna otra tontería. Pero luego no pudo decirle que no. Era la casa del padre de Vera. ¿Cómo iba a decirle que no? Quiso que yo me pusiera.

—¿Sí?

—Martina, ¿Vera está bien?

—Sí. Mucho mejor de lo que yo estaría.

—Gracias. Buenas noches.

Colgamos y Vera se puso a rebuscar en botes, cajas pequeñas y por ahí a ver si encontraba monedas. Porque en la fiesta no habíamos comido casi y se nos ocurrió que podíamos pedir una pizza.

—No voy a mirar en sus abrigos —dijo de repente.

—Me parece muy bien.

Logramos juntar cinco euros con treinta céntimos. Yendo en persona habría una oferta más barata, así que nos preparamos para salir y justo sonó el teléfono. Vértigo. Enseguida pensamos que sería la madre de Vera o la mía, pero en el primer momento, buf, ojalá las películas fueran verdaderas y hubieran enterrado a otra persona en vez de al padre de Vera y ahora él nos estuviera llamando desde algún lugar secreto. No lo dijimos, aunque estoy segura de que las dos lo imaginamos durante los primeros timbrazos. Al cuarto, Vera me dijo:

—Contesta tú.

—¿Sí?

—Hola, ¿está Lucas?

—No... ¿De parte de quién?

—Soy Jimena, ¿eres Vera?

—No, soy una amiga de Vera.

—¿Está Vera por ahí?

Tapé el teléfono y miré a Vera vocalizando el nombre de Jimena. Vera se limitó a mover la cabeza de un lado para otro.

—Es que ahora no se puede poner.

—Vale, ¿podéis dejarle a Lucas el recado de que me llame cuando llegue?

Volví a tapar el teléfono y pregunté a Vera en voz baja:

—¿Se lo digo?

Vera asintió.

—Oye, Jimena. ¿Hace mucho que no ves a Lucas?

—Sí, casi dos meses, he estado en Bolivia.

—Verás, lo siento, siento que te enteres así, es que Lucas ya no está. Tuvo una hemorragia interna muy fuerte. Se ha muerto.

—Pero si me ha escrito varias veces.

—Fue bastante rápido, hace unas semanas.

Oí un silencio que sonaba como mil baterías.

—Por favor, dile a Vera que se ponga.

—Es que ahora prefiere no ponerse.

—De acuerdo, ¿cómo te llamas?

—Martina.

—Gracias, Martina.

En la segunda a de mi nombre su voz rodó hacia el sollozo y después colgó.

Me senté en el sofá naranja con el abrigo puesto. Vera vino y se sentó a mi lado. Se nos había quitado el hambre.

—¿Tú la conocías? –pregunté a Vera.

—Sí, bastante.

—¿Era su novia o algo así?

—No, para nada. Pero eran muy amigos. A mí me cae bien. Lo que pasa es que todo eso de: lo siento mucho, ¿necesitas algo?, bla, bla, bla, lo llevo fatal.

—Claro, lo habrá entendido, no te preocupes.

Estuvimos calladas otro rato, sin saber si quitarnos el abrigo o no. Y el teléfono sonó otra vez.

—Ojalá que sea Jime –dijo Vera–. Cógelo tú, pero si es ella, me pongo.

—¿Sí?

Y como era Jimena, le pasé el teléfono. Me dijo que le había preguntado si estábamos solas, y luego le había dicho que, si no nos importaba, le gustaría venir. Eso estuvo bien, o sea, dijo que quería venir porque ella estaba hecha polvo, no para consolarnos ni nada de eso.

4

Apareció un cuarto de hora después con unos sándwiches de Rodilla y latas de Nestea. Jimena no es que estuviera delgada y se le vieran los huesos, sino que era estrecha de hombros y de cara y de caderas, parecía que podría colarse en cualquier aglomeración sin tener que ponerse de perfil. Tenía el pelo largo y castaño y era bastante joven, quiero decir, comparada con el padre de Vera, yo creo que tendría veintisiete años o poco más.

Se quitó la chaqueta, se sentó y abrió la bandeja de los sándwiches. Eran casi las doce, otra vez nos había vuelto el hambre; además, mientras comíamos, no teníamos que pensar en un tema de conversación. Luego tampoco hizo mucha falta, porque Jimena nos dio ganas de hablar.

Nos contó que había conocido al padre de Vera en su trabajo. Jimena no tenía pinta de estar mal de la cabeza pero resultó que sí, que un día se le cruzaron los cables y se desmoronó.

—¿Por qué se te cruzaron? —Vera.

—No lo sé. A veces una piedra de la carretera salta contra el parabrisas y no pasa nada. Pero si todo coincide: el tamaño de la piedra, la velocidad, el punto donde da, el cristal se empieza a rajar como en una tela de araña... La piedra debió de dar en un mal sitio.

—Pero ¿qué piedra? ¿Qué pasó? —yo.

—No estoy segura. Una mañana me levanté y salí a la calle en pijama, descalza, y estuve vagando por ahí hasta que se hizo de noche. Luego, como a las diez, llamé a un amigo. No había comido nada, estaba tiritando, tenía fiebre. Vino a recogerme en coche y me llevó a su casa. Intentó darme algo de comer, pero no podía. Me preguntó qué había pasado y tampoco supe contárselo. Estuve dos días en su casa. Después llamó a un médico. Me llevaron a un hospital, me dieron suero, antibióticos. Cuando ya estaba un poco mejor, apareció Lucas.

—¿Y tus padres?

—Viven en México. Mi amigo no sabía cómo encontrarles, yo no les quise llamar. No creo que tuvieran mucho dinero para el viaje, ni que pudieran dejar su trabajo, y tampoco habrían arreglado nada.

—Pero ¿qué te había pasado?

—A ver, salía con un chico y se largó. Estaba de becaria en la facultad y me echaron. Había alquilado un piso con bastante luz, en La Latina, pero se me acabó el contrato y me cambié de barrio y no elegí bien. Pero esas tres cosas habían pasado ya. Estaba buscando otro trabajo. Había decidido irme a otro barrio compartiendo casa.

—¿Entonces por qué fue?

126

—A veces hay gente que, porque tiene poder, disfruta siendo injusta contigo. Y creo que yo no estaba preparada. No lo entendí. No supe reaccionar.

—Nadie tendría que estar preparado para eso.

—Para tragar, no, pero sí para no romperte. Hace mucho había unas manos pequeñas, que se ponían en los coches, entre el salpicadero y el parabrisas, para que lo sujetaran. Ya no se ven. Me han dicho que ahora los parabrisas son mejores y son flexibles, si salta una piedra se doblan un poco y ya está. Ahora es muy raro que un parabrisas se rompa por una piedra. Yo sí me rompí, no tenía esa mano. No tenía con qué parar los golpes.

—¿Ahora sí tienes?

—Sí... Había hambre, ¿eh? Nos lo hemos zampado todo. ¿Me dais diez minutos? Quiero pensar un poco en Lucas. Me voy a la terraza de la cocina.

Era la única terraza que había en la casa. Medía poco más de un metro de ancho y estaba llena de trastos, pero a pesar de todo era una terraza, o sea, sacabas un poco la cabeza por la barandilla y no tenías a nadie encima. Sólo cielo.

Vi alejarse a Jimena y luego miré a Vera. Tenía la cara nublada, los ojos fríos.

—¿Qué te pasa?

—Pues lo de siempre, ¿no lo ves? Mi padre ayudó a Jime, y a mucha otra gente, a mi madre y a nosotros a veces nos metía en líos, pero también nos ayudó, ¿y él qué? Cuando se derrumbaba, nos dejaba solos. Él no tenía ninguna forma de resistir los golpes. ¿Por qué no? Me muero de angustia cuando lo pienso.

–Sí la tenía. Lo que pasa es que recibía muchísimos golpes y, claro, se partió.

Vera me miró un momento. De verdad, tiene unos ojos preciosos, son de una especie de azul manzana, ya sé que eso no existe pero es exactamente ese color, y son muy redondos, como dos caras dentro de la suya. Por un momento pareció que los ojos iban a sonreír. Pero luego se pusieron oscuros otra vez.

–No eran sus golpes. ¿Por qué los paraba?

–Porque era generoso –dije–. Porque en vez de quejarse por lo que le pasaba, quería dar lo bueno que tenía.

Ahora sí que se pusieron completamente azul manzana, uf, casi me deslumbran, y no con luz de linterna. Por fuera era de noche, la habitación estaba iluminada con una de esas lámparas baratas que son una bombilla tapada con un globo de papel blanco. Pero dentro de Vera había luz de verdad, la que es capaz de hacer que se vea en toda la ciudad, sin farolas, sin nada.

No me contestó, quiero decir con palabras.

Cuando llegó Jimena, nos miró y sonrió, como si se diera cuenta de que algo se había arreglado.

–No parece que tengáis mucho sueño –dijo–. Venga, os invito a tomar algo.

–¿Ahora? –Vera.

–Eh, que no os voy a corromper. Hay un sitio que a tu padre le gustaba mucho. Ponen buena música, es tranquilo. No está lejos. Sirven una cosa que llaman submarinos: un vaso de leche con un enorme trozo de chocolate dentro que se va derritiendo. Luego os traigo de vuelta en coche y seguro que dormiréis mucho mejor.

Y allí nos fuimos.

5

Jimena conocía a un montón de gente en ese bar. A los camareros, a amigos que estaban tomando copas. Dos grupos le preguntaron por nosotras, nos saludaron y nos invitaron a unirnos a sus mesas. Jimena decía que luego, dentro de un rato. Nos llevó a una mesa que había cerca de una chimenea encendida. Me gustaba ese sitio, era como una casa muy grande donde hubiera ido llegando gente cada uno de un lugar distinto. Había sillas y mesas, y también algunos sillones tipo Starbucks pero más destartalados, y lo de la chimenea era un punto. Claro que no dejaba de ser un bar donde tienes que pagar por quedarte.

Jimena y Vera estaban hablando, pero me di cuenta de que llevaba un buen rato sin escucharlas. Miraba a toda la gente y comprendía que no era nuestro futuro: cuando pasaran cinco o seis años nosotras no estaríamos allí porque para nosotros todo va a ser más difícil. Me acordaba mucho de ti. No sé por qué pero veía todo el rato tu jersey azul marino y tenía tantas ganas de apretarme contra ti. Yo iba a crecer, tú también lo harías; sin embargo, no nos convertiríamos en esos tipos con pinta de universitarios que había por todo el bar. Y además, ni falta que nos hacía. No quiero ser como ellos porque, si lo fuera, a lo mejor terminaba aceptando que esto no está tan mal. A veces es mejor que te empujen, que te pongan el collar de perro. A veces hay que herirse para poder vivir. Lo malo era que aunque nos convirtiésemos en otra cosa, daría igual, sería peor pero igual, empezaríamos a trabajar antes o nos iríamos a vivir a una casa okupa o a un pueblo abandonado, o dejaríamos la carrera a medias, o la terminaríamos y tendríamos un empleo de vender cosas por teléfono, o seríamos parados y paradas y deberíamos seguir en casa de nuestros padres aceptando trabajos de una semana o de un mes. Y si nos íbamos a una casa okupa, nos desalojarían y tendríamos que irnos a otra y luego a otra, y acabaríamos quemados, hartos, y ni siquiera seríamos capaces de llevar una cresta con púas para que nadie nos pasara la mano por la cabeza con compasión.

Teníamos que salir. Nos quedaba muy poco tiempo antes de que todo nos sepultara, mi padre, los trenes, las clases, la gente de ese bar, el agua del grifo. Teníamos que salir de aquí enseguida porque, si no, no quedaría nada de nuestros sueños, acabarían con ellos como con el whisky de esas botellas que no se pueden rellenar; luego tirarían la botella al suelo de la calle y sólo encontraríamos los pedazos, ni siquiera pedazos de sueños, sólo pedazos de una botella sin genio dentro, sin nada, vacía y rota. Teníamos que escapar para no convertirnos en el que acepta la propina y se resigna, en el que se deja regatear y dice vale, en vez de diez, cinco, cuatro, uno, cero y a joderse vivos.

–Martina, ¿dónde estás? –Era Jimena quien me preguntaba.

–¿Qué te dijo Lucas? –le pregunté–. ¿Cómo consiguió sacarte del pozo, descruzarte los cables?

–Me dijo muchas cosas, pero no recuerdo ningún consejo especial. Estaba conmigo, dábamos paseos, oíamos canciones, me hacía preguntas.

–¿Qué canciones?

–De todo tipo, canciones que él oía cuando era adolescente, y blues tenía muchísimos, y cosas que le grababa yo, Nudozurdo, The Answer. Espera, voy a ver si tienen aquí un tema antiguo que nos gustaba bastante.

Jimena se levantó y Vera y yo nos miramos, estaba siendo un día, con su noche, raro, pero no malo del todo, incluso bueno; eso fue lo que nos dijimos sin hablar.

–Ya está. –Jimena se sentó a nuestro lado otra vez y entonces no te imaginas la canción que empezó a sonar, esa que me da tanta rabia; sí, ya sé que hay cosas peores que una banda acústica. La idea de varios solistas que se turnan y hacen armonías vocales no está mal; sé que hay música mil veces peor, pero me parecía una canción blanda y me quedé pálida al saber que al padre de Vera le gustaba.

Después, bueno, supongo que fue todo: la hora, el sitio, lo inesperado de estar allí con Vera y con Jimena, y el que Jimena se hubiera levantado para pedir la canción, y el que mientras sonaba la gente empezara a hablar un poco más bajo. Luego llegó una parte que

131

cantan a dos voces Crosby y Nash, y yo nunca había oído la letra de la segunda voz, la de Crosby, pero esa noche Jimena empezó a cantar la canción en voz alta, y justo al llegar a esa parte se acercó un amigo suyo e hizo la voz de Crosby, todo eso a la vez que el disco; además habían subido el volumen comparado con las canciones que estaban sonando antes. También creo que fue por mi padre, cuando dice «their father's hell will slowly go by», el infierno de sus padres irá quedando atrás. El caso es que se me metió dentro la canción entera y no me pareció tan blanda. Mira, ésta es la parte que cantan contrapunteada. Son dos estrofas, te copio y te traduzco, a mi manera, no sé si muy exacta, la primera y luego la segunda:

And you, / of tender years / can't know the fears / that your elders grew by / and so please help / them with your youth / they seek the truth / before they can die.

Y tú, de pocos años, no puedes conocer los miedos con los que crecieron tus mayores. Así que, por favor, ayúdalos con tu juventud. Ellos buscan la verdad antes de poder morir.

Y ahora la segunda, la que canta Crosby:

can you hear... / do you care... / can you see we... / must be free / teach your children what / you believe in / make a world that / we can live in.

¿Puedes oír, te preocupa, no puedes ver que debemos ser libres? Enseña a tus hijos aquello en lo que crees. Hacer un mundo donde podamos vivir.

Vale, ya lo sé, así suelto es un poco bonito, y peor, porque va de bonito, pero por eso existe la música. Quiero decir que leído, bah, no es mucho, pero cuando lo oyes en contrapunto, parece que se están hablando los padres y los hijos, sin discutir pero sin ceder, y luego la guitarra acústica, el sonido de las cuerdas de metal, se amplifica y crea un sitio por donde van las notas, yo lo imagino como una especie de arroyo tranquilo en un campo normal y corriente.

Me gustó la canción, la letra entera está bien, ya sabes, lo de que hay que tener un código. También me gusta que habla del infierno de los mayores y del de los niños. Es decir: no sólo los padres tienen su infierno. Y el estribillo no está mal porque no pretende arreglarlo todo: «don't you ever ask them why...», nunca les preguntes por qué, si te lo dijeran llorarías, así que simplemente míralos, suspira, y sabe que te quieren. Pero lo que más me gustó esa noche fue la parte de los sueños: «Enseña bien a tus padres, el infierno de sus hijos lentamente pasará, y aliméntalos de tus sueños.»

Teníamos que largarnos, ahora estaba segura, porque no podíamos perder los sueños y porque ni siquiera los necesitábamos sólo para nosotras. Cuando acabó la canción pusieron una cualquiera, bajando de nuevo el volumen. El amigo de Jimena había vuelto a la mesa en donde estaba. Me di cuenta de que Vera se había emocionado, una emoción buena, sin pena.

–¿Tú sabías que a tu padre le gustaba esta canción? –le pregunté.

Vera dijo que sí con la cabeza.

–Tenemos que irnos –dije.

–¿Estáis cansadas? –Jimena.

–No me refiero a ahora: tenemos que irnos de aquí, de todo, nuestra casa, el insti, del futuro de cada día.

6

Los submarinos estaban buenos. Eran como un colacao mucho más potente, y en su sabor se colaba la chimenea del bar y la madrugada. Jimena y Vera me dijeron que ellas también tenían muchas veces ganas de largarse, a cualquier sitio. Jimena dijo: a la Patagonia, y Vera: a Australia, y yo: a Detroit.

—¡A Detroit! ¿Pero qué hay ahí? ¿Camiones? —se partían de risa.

Yo mezclé aposta dos canciones y canté:

—Take me down to Detroit rock city, where the grass is green and the girls are pretty!!!

Traducido le falta la rima y no se entiende igual: llévame a Detroit, la ciudad del rock, donde la hierba es verde y las chicas son bonitas.

—Pero... no es así... —Jimena.

—Vaya, ¿conoces «Paradise City»?

Y ella cantó y yo la acompañé:

—Taake meee hoome, Oooh won't you pleeease take me hoome, yeah, yeah.

Me gusta que el rock no se pueda canturrear, y mucho menos esa tontería que es tararear. La única forma de cantar aunque sea un estribillo, o una sola línea de una canción, es hacerlo como si tuvieras detrás todos los amplificadores del mundo, como si estuvieras en un estadio, como si fueras a contestar a los que han hecho pedazos tu vida, a decirles que te largas de una vez.

—¿De verdad quieres fugarte a Detroit? —Vera.

—No os metáis con Detroit, de ahí han salido The White Stripes, de ahí salieron los Stooges. Hace mucho frío en invierno, creo que el clima es raro.

—Habrá muchísimos parados —Vera—. Será como aquí pero con más gente. A mí me gustaría irme, pero no a otra ciudad igual.

—Yo me imagino Detroit lleno de garajes —dije—. Garajes con gente como nosotras tocando la guitarra eléctrica, el bajo, la batería.

—¿Te gustaría tener un grupo de rock? —Jimena.

—No lo sé. Puede. No tenemos garaje, no sé con qué dinero íbamos a comprar las guitarras. Además, da igual, aunque lo tuviéramos seguiría queriendo irme. Y sobre todo ahora con mi padre siempre en casa.

—¿Le han despedido? —Vera.

—Sí.

—¿Qué es tu padre? Yo estoy en contacto con mucha gente, si sale algo puedo avisar —Jimena.

—Es técnico de sonido. Pero es que ha decidido que no va a buscar trabajo nunca más.

—¿Qué le ha pasado? —Vera.

—Que está cansado, supongo. Que le han machacado. Hasta hace un rato yo odiaba la canción «Teach your children». Odio la música de mis padres porque es blanda, porque va de bonita. Todavía me da rabia eso de «hacer un mundo donde podamos vivir». Prefiero mil veces ser el guepardo que recorre las calles con el corazón lleno de bombas. Es mejor localizar y destruir.

—A veces se puede salir adelante —Jimena.

—Pero nadie dice cuántas veces. Rompes algo, lo pegas, lo vuelves a romper, lo vuelves a pegar. Eso no es infinito. A la cuarta vez, o la quinta, ya no te queda ni sitio para poner el pegamento.

—No te vayas a Detroit —dijo Vera, y hasta me emocioné un poco. Sonreí:

—No te preocupes, no voy a irme. Tampoco me pierdo nada.

—¿Y si hubiera un garaje vacío esperándote?

—Me quedaría —dije—. No es el garaje, sino ser duras y que nos escuchen. Qué más da irse lejos.

—¿Qué vas a hacer para que te escuchen? —Jimena.

—No sé, un comando. Como en aquella peli tan pirada, *Airheads*. Iremos a las radios, a los bares, a todas partes, con pistolas de agua rellenas de salsa picante, igual que ellos; sólo nosotras sabremos que no son pistolas de verdad, y les apuntaremos a pesar de todo: manos arriba, se acabó el pop de mierda, la música disco de mierda, y las bonitas canciones de mierda. A partir de ahora rock a todo volumen, a cualquier hora y en cualquier sitio. Rock del bueno hasta que tengan que preguntarse por qué grita nuestra música, por qué gritan incluso nuestras baladas, y entonces se atrevan a preguntárnoslo.

—¡Bien! –dijo Vera.

—¡Larga vida al comando! –dijo Jimena levantando su copa; chocamos nuestros submarinos contra ella y volví a echarte de menos tanto que creí que me moría.

Miré a Vera, me di cuenta de lo que estaba pensando.

—¿Tienes las llaves de casa? –yo.

—Sí –Vera.

—Yo también tengo las mías.

—Jimena, ¿nos podrías acercar a nuestras casas, en vez de a la casa de mi padre? –Vera.

—Sí, claro –Jimena.

—¿Tú quieres quedarte allí? Puedes hacerlo, mi madre no irá hasta el lunes.

—Gracias, pero no. Me voy a acordar de él igual en cualquier sitio. ¿Nos pasamos los teléfonos y el correo?

Jimena sacó bolis y arrancó una hoja de una libreta. Mientras ella escribía sus datos, nos dio la libreta para que pusiéramos los nuestros. Le pasé el boli a Vera y me quedé mirándolas. Tenían en la cara un barniz de cansancio que parecía venir de muy lejos, como esa niebla que dicen que hay encima de los pantanos, como si esa niebla les bañara la piel. Es la niebla de Lucas, pensé: «pasar el aire de una orilla a nado y estar en todas partes en secreto». Se me ha quedado grabado el dichoso poema que leyó el cura en el funeral. Vale, no está mal el poema, porque hay ratos en los que de verdad te gustaría pensar que el padre de Vera se ha ocultado un momento, y que anda por ahí. Pero no anda por ahí, y por eso las caras de Jimena y Vera tenían esa niebla, y a lo mejor también la mía aunque yo le hubiera tratado mucho menos.

¿Te acuerdas de la canción de Neil Young que me pusiste: «It's better to burn out / than to fade away»? Es mejor quemarse que desaparecer, bueno, igual en vez de «desaparecer» sería más preciso «extinguirse lentamente». Yo sé que el padre de Vera se quemó, ardió rápido, porque una hemorragia esofágica tiene que ser eso, arder rápido por dentro, que todo se vuelva rojo después de haber estado rociándose el hígado con alcohol e impotencia demasiadas veces. Sé que Vera habría preferido que se extinguiera despacio, año tras año; yo también lo habría preferido. Lo que no entiende la gente es que el rock no se elige, ni tampoco se elige entre quemarse y desaparecer. Me da igual si Kurt Cobain tomó esa frase para su carta de suicidio y ni siquiera sé si él eligió suicidarse o simplemente no pudo más: «No puedo soportar pensar en Frances –su hija– convirtiéndose en el rockero miserable, autodestructivo y muerto en que yo me he convertido.» No sé si no pudo soportarlo o no quiso soportarlo, los suicidios son raros y es difícil hablar, aunque yo estoy bastante de acuerdo con «Hey Stoopid!», they win, you lose, cuando dejas de resistir ellos ganan, cuando te vuelas la cabeza ellos ganan y tú pierdes. Pero hablo de lo que he visto, personas que se quiebran y luego arden en una llamarada sin poder elegir otra cosa.

7

Al día siguiente pensé que iba a hacerlo. Decimos las cosas y luego se quedan ahí, post-its abandonados que ya no sabes ni qué significan. Decidí que lo mejor sería un comando unipersonal, porque no quería meter a nadie más en un lío, ni siquiera a ti. Verás, a veces te levantas, desayunas medio dormida, te vistes y se supone que tienes muchas cosas que hacer. Había un partido de baloncesto en el instituto y, por la tarde, una competición de esgrima donde estarían dos de nuestro curso. También Vera había quedado con unos amigos a los que conozco y que tienen un grupo de música, hacen una especie de rap tecno. Y resultó que mi primo Alberto había venido a Madrid y tenía un recado suyo para quedar.

Muchas cosas, pero ninguna, a veces no te apetece ninguna. Al final lo que hice fue quedar con Alberto y presentarle a Vera y los del grupo tecno-rap, y les dije que yo me tenía que ir; me inventé que estaba mal del estómago y que no había dormido casi. Lo que quería era tener tiempo y un sitio para pensar en mi comando unipersonal. No sé por qué me vino a la cabeza la copa de un árbol. Tenía el ánimo un poco Huckleberryfinn, y aunque hacía bastante frío no me apetecía meterme dentro de nada. Un árbol estaba bien porque es como una casa, algo cerrado, que te envuelve, pero a la vez el aire te da en la cara.

Como lo de un árbol era una fantasía total, acabé otra vez en la casa del padre de Vera. La casa está dentro de una miniurbanización de esas con zona común. Justo cuando llegaba, entraban dos chicos como de veinte años y pasé con ellos. Luego me quedé abajo, en un banco de la zona común, al lado de la piscina, que estaba cubierta con un gran hule azul. Empecé a pensar en los comandos unipersonales que conocía. Ya sabes, hay gente que se sube a una grúa o a un decimoctavo piso y amenaza con tirarse desde ahí para que le hagan caso. Otros entran en un banco con una escopeta y toman rehenes. Pero yo no quería que me hicieran caso. ¿Quién podía hacérmelo: el Defensor del Pueblo, Obama, Neil Young con sus sesenta y cuatro años? Lo que yo quería era que reaccionásemos: mi padre, mi hermano Émil, Jimena, Vera, Alex, mi madre, la madre de Vera, y un montón de personas a las que no conozco y que están muy cansadas. Y ¿cómo podíamos reaccionar? Había visto las revueltas de Grecia en el ordenador, estaban bien, sin embargo yo no iba a conseguir sacar a la gente a la calle ni aunque me pegaran un tiro o dos como a ese chico, Alexandros Grigoropoulos. Y además yo no quería que me pegaran un tiro, igual que estoy segura de que ese chico, Alexandros, tampoco quería.

140

Casi nadie quiere morirse, pero yo además tengo unas ganas enormes de estar de noche contigo camino de ninguna parte y hacerlo todo y no olvidarlo nunca. No sé si sirve de algo salir a la calle. De los vídeos y las fotos que he visto sobre las revueltas en Grecia, la que más me llamó la atención fue una que no vi, pero una chica la contaba: decía que unos amigos suyos habían encontrado en Atenas, en el metro, a tres antidisturbios sentados en el suelo, la espalda apoyada en la pared y los ojos cerrados. Se caían de sueño. Es normal, ¿no? Después de más de una semana de manifestaciones, con falta de personal, teniendo que pasarte a veces más de tres días y noches de guardia. Y los amigos de esa chica se acercaron para hacerles una foto así, dormidos, pero uno de los tres se dio cuenta y les echó antes de que pudieran sacarla.

No tendría que haberles echado. ¿Qué hay de malo en la foto de un antidisturbios dormido, y mejor si son tres? Yo creo que habría sido bueno que todo el mundo viera esa foto, porque ser policía cansa, supongo, y más si tienes que estar de un lado para otro desactivando a personas que están furiosas porque han matado a un chico de nuestra edad. Ellos también podrían reaccionar, ¿sabes? Igual que mi padre y Vera y Jimena y yo misma y los que se manifestaban por la muerte de ese chico, porque al fin y al cabo los antidisturbios obedecen órdenes que seguramente, muchas veces, les parecen de pena y a lo mejor están hartos de estar al otro lado sin un motivo. Todavía no sé en qué consiste reaccionar. Creo que se parece a cargarse de adrenalina. Una vez, en el cen-

141

tro social del barrio daban gratis cursos de defensa personal de una semana. Me apunté y se me quedó grabado esto que nos dijeron: «un mínimo de miedo mejora nuestra atención y nos hace más prudentes» y «un mínimo de agresividad facilita la defensa y aporta valor». Me gusta la expresión: «un mínimo de miedo». Imagino que reaccionar es tener ese mínimo de miedo y ese mínimo de agresividad, como si fueras capaz de sujetar un poco de luz con la mano y dirigirla, como si tuvieras poderes, unos poderes pequeños pero no tanto.

Navegando por internet he visto una frase que habían escrito sobre *El guardián entre el centeno*. Se quejaban de que Holden critica esta sociedad pero luego sólo opone «una negativa radical, adolescente, sin argumentos y sin discurso, en la que el placer del instante y de los sueños forja el verdadero programa de acción». Yo en cambio estoy un poco cansada de tanto discurso. Fíjate, desde que he dicho que iba a hacer lo del comando unipersonal, no he parado de escribir frases mías y de otra gente. Supongo que trato de buscar una justificación: vale, lo hice, pero fue por esto y por esto otro y bla, bla, bla. ¿Son mejores las explicaciones, los discursos, que el momento concreto, ese momento en que conseguiré que una guitarra eléctrica rompa el cielo de toda la península?

No sé qué es lo mejor. Tengo dieciséis años y a veces pienso que he visto ya todas las películas. Cualquier cosa que me imagino se me aparece en forma de película, y ahora te digo todo esto y estoy viendo al típico chico que coge un micrófono y en el lugar más absurdo –el promontorio de un campo de golf, la sala de espera de un dentista, una playa llena de gente, una fiesta de empleados de un banco, donde sea– ese chico empieza a decirle a la chica que la quiere y que lo siente si hizo algo mal, etcétera. También me acuerdo de V tomando la televisión y convocando a la gente a rebelarse en el plazo de un año, el cinco de noviembre. Yo no iba a hacer nada de eso. Yo quería música, un grito hecho música que nos atravesara.

Pensé en el volumen. No sólo tenía que conseguir que pusieran un disco. Además debían subir el volumen. Eso me lo había contado mi padre. O sea, la gente sube o baja el volumen en sus casas, pero en la mesa de sonido el técnico fija un volumen. Y puede cambiarlo si quiere.

Me estaba quedando helada. Salí de aquel jardín y, mientras andaba, empecé a preguntarme qué pasaría después. Si lo hacía, seguramente la gente que estuviera en sus casas, o en la calle, o en los taxis, no llegaría a saber bien lo que había sido esa sacudida eléctrica en el viento. Tenía que explicárselo. Pero en cuanto dices más de veinte palabras seguidas, la gente deja de escuchar. Así que tenía que explicárselo en veinte palabras. Pediría que las dijesen y que luego pusieran la canción. ¿Con una pistola cargada de salsa picante? Desvarías, Martina. Vale, desvariaba. A lo mejor si lo hacía de madrugada, cuando no hay casi nadie en la radio. Sin embargo, de madrugada hay bastantes cosas extrañas en la radio. Yo tenía que lograr que la pusieran a una hora masiva pero sin que hubiera mucha gente en el edificio. Las nueve o las diez de la noche, pensé. Lo más complicado iba a ser escapar. Pero algún riesgo tenía que correr, las cosas no se hacen solas. ¿Y qué podía hacer para que me dejaran entrar tranquilamente? Necesitaba un cómplice. Claro que, entonces, dejaría de ser un comando unipersonal. Decidí que sería diferente si elegía un cómplice desconocido, no alguien del insti ni de mis amigos, ni mi hermano. Y en realidad no iban a ser del comando, sólo me ayudarían sin conocer mis intenciones. Era domingo pero eché a andar en dirección a la tienda de vinilos, y eso que está como a media hora andando desde la casa del padre de Vera.

Cuando llegué, estaba cerrada. Lógico. Desde allí, me fui al bar de los bocadillos, los dos chicos tampoco estaban. Me tomé un bocadillo de lomo y queso, pedí tres servilletas y un boli y escribí mi plan.

En casa, mi padre estaba viendo el telediario; no parecía triste ni de mal humor. Le pedí que me contara la historia de la canción de la revolución de los claveles. Me la había contado el año pasado, pero ya no me acordaba bien. De lo que sí me acordaba era de que esa revolución había empezado con una canción que pusieron por la radio.

Mi padre quitó el sonido de la tele y me dijo que él tenía más o menos mis años cuando fue esa revolución. *conexión* Hubo dos canciones que sirvieron de señal. La primera sonó a las once de la noche, se llamaba «Y después del adiós», era para pedir que todo el mundo estuviera preparado. La segunda, «Grândola, Vila Morena», fue la que se hizo más famosa, sonó a las cero veinticinco de la noche del día 25 de abril. Era la señal para que los capitanes revolucionarios y todos los que estaban con ellos ocuparan los puntos estratégicos del país.

Fue una revolución extraña, impulsada por militares de izquierdas que estaban en contra de la guerra colonial y secundada enseguida por millones de personas cansadas de la pobreza, de las dificultades y de una política sucia. Fue extraña porque pareció que iban a cambiarse miles de cosas, pero al final sólo se cambiaron unas pocas. Mi padre me contó cómo se había emocionado cuando empezaron a llegar las noticias de lo que estaba ocurriendo en Portugal. En España todavía estaba Franco en el gobierno y había gente que soñaba no sólo con quitar a Franco del poder, sino con convertir al país entero en un lugar justo y libre donde no hubiera miseria ni paro, donde todo el mundo tuviera lo que necesitaba.

Aunque mi padre era un adolescente, oía hablar en su casa a sus padres y a sus hermanos, y también en el instituto, de cómo eran las cosas y de cómo podrían ser. Me contó que cuando empezaron a llegar noticias de Portugal, él quiso ir a Lisboa con otros amigos.

–Eso del viaje no me lo dijiste la otra vez, cuando te pregunté –dije.

–Al final no fuimos.

Le pedí que me cantara la canción, no que me la pusiera en un cedé sino que la cantara él. Mi padre canta bastante bien, lo que pasa es que no canta mucho. Empezó a cantarla en voz baja y en cada estrofa iba subiendo la voz. Hay una que me gusta especialmente, en español dice: «En cada esquina un amigo, / en cada rostro igualdad, / Grândola, Vila Morena / tierra de la fraternidad.»

Mi padre se había emocionado un poco cantándola. Al verle así, me atreví a preguntarle por lo del paro y todo eso.

146

—¿Es verdad que no vas a buscar trabajo nunca más? Te oí decirlo el otro día.

—No lo sé, Martina. Sería diferente si el trabajo me buscara a mí. Estoy un poco cansado de ir por ahí ofreciéndome. Pero dependerá del trabajo de tu madre y de cómo nos vayan las cosas.

—Oye, ¿cómo sabía la gente en Portugal lo que tenía que hacer cuando sonara esa canción?

—Estaban organizados.

—¿Y por qué aquí la gente no se organiza?

—No sé quién es la gente. Puedo contarte por qué no lo hago yo. Porque me organicé muchas veces. Estuve en un partido político, en el sindicato, en un colectivo de radios libres. Y casi siempre perdimos. Y no siempre fue fácil.

—¿Pero no es más difícil quedarse en casa pensando que no se puede hacer nada?

—Pues no. Lo malo es que no es más difícil. Es más fácil.

Me acordé de «We'll live and die in these towns», de The Enemy. Viviremos y moriremos en estas ciudades, tu vida está resbalándose y deslizándose, perdiéndose de vista, y no hay absolutamente nada que puedas hacer, bien, no dejes que eso te hunda, don't let it drag you down now, no dejes que eso te hunda ahora.

—¿Y no crees que estás dándome mal ejemplo? –le solté. Sí, se lo solté, no se lo pregunté, no se lo dije, se lo solté como una estampida en las películas de vaqueros, como algo que no estaba previsto que fuera así pero sale, coge velocidad, y al final se estrella. Si lo hubiera pensado, a lo mejor no lo habría dicho. Porque a lo mejor no existen los adultos sino que sólo son como nosotros pero con más años. A lo mejor están igual de perdidos. A lo mejor los que van por ahí diciendo que ellos saben, que a ellos ya se les colocaron las hormonas y ahora tienen self-control y que han madurado y bla, bla, bla, a lo mejor sólo son como nosotros pero con más años. De repente lo vi clarísimo, nada más soltar la pregunta vi a mi padre como yo pero más viejo, quiero decir que no pertenecía a otra especie, no tenía poderes, no sabía muchísimas más cosas de las que yo sabía sino sólo unas cuantas más. Y tenía su infierno, igual que yo tenía el mío, y a lo mejor no estaba ahí para cuidarme sino que sólo estaba a mi lado y se hacía cargo de algunas cosas de las que yo no podía encargarme todavía, pero exactamente igual que un hermano de ocho años puede ocuparse de uno de cuatro, quiero decir, hay cosas que el de cuatro no puede hacer y el de ocho sí, pero eso nos les hace completamente distintos.

Mi padre estaba tardando en contestarme. Luego dijo:

—Tendría que darte el ejemplo de lo que yo fui con treinta años. Tampoco era nada del otro mundo, pero supongo que te habría gustado.

Él tenía la mirada un poco perdida y yo estaba empezando a sentirme muy mal, y es que, a pesar de todo, lo que no puedes es pedir al hermano de cuatro años que cuide del de ocho, ni a la adolescente que cuide del adulto, no sé, creo que no se puede. Y él debió de pensar algo así, porque volvió. Dejó de tener la mirada perdida y me dijo:

148

—Aunque no te lo parezca, tu madre y yo no hemos renunciado a una moral de emergencia: algo que llama a no vender determinados principios a pesar del precio que tengas que pagar por ello.

9

Al día siguiente llegué a la tienda de vinilos a las diez en punto. Estaban abriéndola. Se acordaban de mí. Yo me di cuenta de que no sabía cómo se llamaban: Jorge y Deiviz.

—Sí, Deiviz —dijo—, como el guitarra de Fe de Ratas, pero a mí me lo llamaban antes de que existiera el grupo.

Luego los dos me miraron con suspicacia.

—Vienes muy guapa, cinturón brillante, kufiya verde, ojos fogosos: ¿no pretenderás comprarnos nuestra entrada de AC/DC? —dijo Jorge.

—No, pero sí quiero pediros algo.

—Te lo dije —Deiviz a Jorge.

—¿A vosotros os compran vinilos para la radio? —yo.

—A veces. Bastantes veces —Jorge.

—¿Y vienen aquí a la tienda, o los recoge un mensajero, o los lleváis vosotros?

—Eh, eh, eh. Estás empezando por el final. ¿Qué tramas? ¿A quién quieres conocer? —Jorge.

—Quiero entrar en la radio, en algún programa nocturno, el que sea –yo.

—A ver, quieres aprovechar algún pedido de un disco y presentarte con él de noche en la radio. Pero, muchacha, cada vez hay menos programas en directo a esas horas –Deiviz.

—Alguno habrá –yo.

—Alguno hay, pero no suelen pedirnos discos a la una de la madrugada, porque la tienda está closed –Deiviz.

—You know –Jorge.

—Bueno, no quería decir tan tarde, a las ocho y media me vale, o a las nueve. Cuando os lo pidan, yo podría presentarme ahí, no creo que les importase –yo.

—¿Y para qué quieres presentarte ahí? –Deiviz.

—No os lo puedo decir –yo.

Se miraron entre ellos y no dijeron nada. Luego:

—Vamos a colocar las cosas. Tú quédate mirando, luego hablamos –Jorge.

Encendieron la luz, pusieron música, quitaron las fundas que cubrían algunos estantes de discos. Luego ellos se cambiaron de ropa, dejaron sus jerséis lisos y se pusieron camisetas de manga larga con dibujos.

Empezó a entrar gente, no mucha. Una persona, luego dos, luego ninguna y, enseguida, una. Era imposible hablar, pero me venía bien porque tenía que decidir si se lo contaba o no. Y decidí que no. Iba a ser un comando unipersonal, no quería que se vieran envueltos; si no se lo contaba, sería mejor para todos.

151

Aproveché un rato en que la tienda se quedó vacía y volví a la carga:

–Bueno, ¿me dejaréis que haga de tele-vinilo?

–Sí –Jorge–. Si piden algo a esas horas. No es muy frecuente.

–¿Nos vas a contar...? –Deiviz–. No..., no. Pones cara de que no.

–No puedo –yo.

–De acuerdo, pero esto te costará algo. Encima no tendrás un duro, seguro –Jorge.

–Yo...

–No importa, no importa. Nos debes un favor, ya verás cuando te pidamos que hagas cola durante toda la noche para sacarnos unas entradas.

Me reí. Les di las gracias y me fui a escribir las veinte palabras. Me salieron diecinueve, perfecto.

Aquí están:

Interrumpo la emisión para subir el volumen de vuestros receptores y que nuestra angustia os entre por las orejas.

Ahora había que elegir la canción, y luego... Mejor no pensar en luego. La canción ya la tenía pensada. No era de las espectaculares, ¿sabes? Tampoco la elegí por la letra, no era «Search and destroy» ni «All the young dudes» ni «For those about to rock». Era un single de los que me habías prestado. Duraba siete minutos y treinta y tres segundos. O sea, no era la versión habitual de la canción.

Yo entraría en la radio, quizá lo normal no fuese subir al programa sino limitarse a entregar el vinilo. Pero yo me inventaría algo y lograría subir hasta el estudio. Una vez allí, tendría que inventarme algo otra vez para que me dejaran pasar al control de audio. Ya dentro, sería bastante fácil. Les hablaría de mi padre, les preguntaría dónde se regula el volumen. Después sacaría el single y les pediría que lo pusieran. Me dirían que no podía ser. Entonces no amenazaría con matarles a ellos sino con matarme a mí. Para matar, y todavía más para matarse, no hacen falta pistolas ni cuchillos ni nada que detecte un detector de metales. Bastan unas gafas rotas, o unas pastillas, o un mechero y un bote de alcohol, incluso un disco de vinilo hecho pedazos. Hay muchas formas de hacerlo cuando has cruzado el límite.

¿Y después? No afterwards, no future. Hay que intentarlo ahora.

10

Cuando volví a casa me sentía bastante bien. Porque iba a hacer algo. No es que piense que la música tiene poderes paranormales o algo así, pero tampoco creo que sea igual que decir una frase. La música tiene relieve. Las palabras ahí están, pero si hablas de música tienes que hablar de ritmo, armónicos, melodía, compases, del fraseo, octavas, el tiempo cíclico, los agudos y los graves, el la menor para la tristeza y el la mayor para la alegría. Creo que las canciones son una especie de bombas que explotan ordenadamente. Bombas a pequeña escala, como romper cosas pero no por frustración; no romper cualquier cosa y de cualquier manera, sino romper puertas cerradas que deberían estar abiertas, recuerdos que no merecen existir, días sin actitud.

Algunos dicen que las canciones, o a lo mejor toda la música, están hechas de preguntas y respuestas, una frase musical responde a otra, y a su vez las dos forman parte de una pregunta más grande que será respondida también. Por eso las canciones no son como el documento infinito de los ordenadores sino como este cuaderno, o como nuestra vida: se acaban. Responden. Vale, poner una canción intempestiva y a todo volumen en la radio no era lo mismo que disparar esos dardos con los que se anestesia a los elefantes y que, en vez de anestesiar, también podrían transformar el ánimo, llenarlo de actitud, y en vez de a los elefantes, a todas las personas que la oyesen. Pero ¿y si lo transformaba? Estaba segura de que oír la canción tendría consecuencias. Para algunas personas. Habría otras que apagarían la radio, cambiarían de emisora o estarían sordas, tan sordas que serían capaces de oírla como si fuera un telediario, sin detectar nada en la voz de Iggy, sin darse cuenta de que parece estar poseído, viviendo dentro de la música. Bien, pongamos que la mitad de quienes la oyeran no haría nada, y conste que la mitad ya me parece muchísimo. Sin embargo la otra mitad, ¿sabes? Incluso, si quieres, la otra mitad de la otra mitad, no podría quedarse igual.

¿Y eso bastaba? Yo creo que sí. Si millares de personas oían una balada oscura, una de las baladas más poderosas y más oscuras de cuantas han existido, en una versión estremecedora, con un Iggy Pop que te hace entrar en la canción tanto que es como si no sólo se te erizara la piel sino todo, los pulmones, el estómago, el cerebro; la sangre se agita violentamente mientras, por fuera, la banda te acaricia, entonces reaccionarían. No hacía falta que reaccionasen haciendo todos lo mismo, no creo mucho en los grandes gestos ni en los minutos de silencio. Cada uno que reaccionara en su espacio. Como cuando oímos un grito y unos huyen pero otros se acercan por si hay alguien en peligro. A veces un grito no es un sonido sacado de quicio; ni es levantar la voz con descompostura y vanidad. A veces un grito es abrir el cajón, sacar una verdad hecha pedazos y ponerla encima de la mesa.

«Dame daño, pequeño extraño», aunque la traducción exacta sería dame peligro, pequeño extraño. Y tampoco, porque «Gimme» no es exactamente dame, es give me, dame, pero dicho con la voz cansada de cualquier día. Y aún más exacto sería «dame peligro, pequeña desconocida». Pero la rima importa. Danger, stranger. La rima hace que pienses que hay una lógica en las cosas, y la lógica calma un poco, tranquiliza. Por eso prefiero dame daño, pequeño extraño. No hay que ser masoquista para querer daño. Cuando te aplasta casi todo piensas que en el daño, en el peligro hay una salida más creíble que la que pueda haber en la tele, el viento sobre nuestro cuerpo y las palabras.

No había nadie en casa. Mi madre estaba trabajando, y mi padre vete a saber adónde habría ido, porque en el salón no estaba, ni en el dormitorio. Me tumbé en el sofá, aunque no como los días en que estoy yo sola, sino un poco diferente, pensando que mi padre podía meter la llave en la cerradura y entrar en cualquier momento. El sonido del teléfono me sobresaltó. Era Émil, mi hermano. No tenía mucho sentido que llamara a casa a esas horas, a no ser que supiera ya lo de mi padre, pero me extrañaba que se lo hubieran contado por teléfono.

–¿Sí?

–¿Martina?

–Hola, Émil.

–Hola, hermana. Estás sola, ¿no?

–Sí, de momento.

–Oye, verás. He tenido algunos problemas aquí.

–¿Qué ha pasado?

–Fue con el coche. Se cruzó un tipo, parece que había bebido bastante. No respetó el ceda el paso, iba a toda leche en un coche pequeño. Yo no me di cuenta. Y me lo tragué. No tuve suficientes reflejos. Había tomado dos whiskys. Pero no fue por mí. Él iba a toda leche.

Su voz se ahogó al final.

–¿Te ha pasado algo?

–A mí no mucho. Me rompí un brazo. Pero el tipo está muy mal. Dos putos whiskys. Eso lo toma todo el mundo. Yo no tuve la culpa. Pero tengo que demostrarlo y no sé cómo. Necesito un abogado. Uno bueno. Ese tipo está muy grave, joder.

–¿Quieres que llame a mamá?

–Sí. Bueno, llamarla no. Se lo cuentas cuando llegue. Sólo a ella. Y le dices que me llame. Y que yo se lo contaré a papá. Pero después de haber hablado con ella.

–¿Qué brazo te has roto?

–El izquierdo, en eso es en lo único que he tenido suerte.

–Ojalá pudieras venir. Sería mejor hablar con ellos en persona.

–Sí, ya lo sé. Pero ahora no puedo faltar al trabajo. Gracias, Martina. Un beso gordo.

—Adiós, Émil. Escríbeme.

—Sí, te escribo.

Émil colgó y yo oí que alguien colgaba después. No, no podía ser: sería un ruido de fuera porque en casa no había nadie. ¿O sí? Yo había visto la puerta del dormitorio de mis padres abierta y la cama hecha, y había decidido que no había nadie. Además, no se oían ruidos en la cocina o en el baño. Pero a lo mejor cuando pasé delante del dormitorio, mi padre estaba sentado y oculto por la puerta entreabierta. A lo mejor mi padre había oído toda la conversación. Me daba un mal rollo tremendo ir a ver si le encontraba. Así que me fui de casa. Supongo que te parecerá absurdo, pero mira, salí a la calle, crucé el primer semáforo, comprobé que una de las dos cabinas funcionaba y llamé a casa por teléfono.

11

Sonaron diez timbrazos, once. Creí que se iba a cortar sin que nadie descolgara. Al timbrazo número trece, contestó mi padre:

—¿Sí?

—Papá, soy yo.

—Dime, Martina.

Puf, tenía la voz supertranquila. A lo mejor no había oído nada.

—Oye, es que ha llamado Émil.

—Sí.

—¿Tú...?

—Sí.

—Ah. Vale. Pero...

—No te preocupes. Ya hablaré yo con tu madre. Hasta luego, Martina.

—Hasta luego.

Mi padre tiene una cara bastante normal. Vamos, que no tiene rasgos de esos que se te quedan graba- dos. No es feo, pero tampoco diría nadie que es guapo, en todo caso guapito o guapillo. Cuando le oí reconocer que había escuchado la conversación, y hacerlo sin inmutarse, bueno, me acordé de uno de los pocos cantantes en que coincidimos mis padres y yo. Es un tío mayor, en realidad ya está muerto, y muchas canciones suyas, casi todas las que hay en casa, son country, lo cual no suele gustarme, me suena siempre igual, como a un pueblo a las tres de la tarde y un perro y una lata vacía. Pues Johnny Cash no. Incluso cuando toca y canta country, te coge por las solapas, si tuviéramos solapas: te sujeta, te lleva y te deja delante de algo grande, un sitio donde quieres estar, donde lo más difícil se comprende y lo fácil también cabe, y es divertido y alivia. Eso eran para mí algunas de las canciones de Johnny Cash, «I walk the line» o «Daddy sang bass». Un día le vi en un vídeo y me fijé en que al cantar torcía un poco la boca hacia arriba en el lado derecho. Y cuando mi padre dijo «sí», a secas, y luego dijo «no te preocupes», tuve la impresión de que estaba elevando el lado derecho de la boca exactamente igual que Johnny Cash.

Volví a casa. No habrían pasado ni diez minutos, pero mi padre no estaba. Yo no podía quedarme quieta. Lo peor de ser chica es cuando las cosas no dependen de ti. Aunque, por lo que a mí respecta, eso se acabó. Pero esta vez no era por ser chica, sino adolescente. Aunque hubiera sido un tío, con dieciséis años tampoco habría podido hacer nada, o sea, salir a buscar un abogado o a conseguir dinero para pagarlo o incluso ir al hospital donde estaba el hombre contra el que había chocado Émil. Supuse que algo de eso era

160

lo que estaba haciendo mi padre. Si lo ves así, ser adulto es estar parando balones todo el rato. O sea, cuando te duchas o ves una peli o lo que sea, nadie se pregunta si eres un adulto o no. Pero cuando vienen los balones disparados con efecto, dirigidos exactamente al ángulo donde casi no alcanzas, entonces claro que lo esperan. Esperan que lo pares, o que lo desvíes. Más que balones, marrones, supongo. Estás ahí para comerte los marrones, estás ahí para mantener la cara y por eso los adultos, todos los adultos, deberían tener actitud. Y a lo mejor la adolescencia es aprender a tenerla. ¿Sabes? Seguramente las películas existían desde el principio para eso. O sea, qué más da si en la historia se hunde un submarino o alguien se enamora, quiero decir, si sólo se tratara de eso supongo que no veríamos tantas pelis. Lo que necesitamos es ver la cara, las manos, la mirada, la profundidad de la voz que ponen otros cuando les pasa algo. Hay quien lo llama presencia escénica, pero es la actitud, porque no sólo la tiene quien está ante una cámara; la tenemos todos, se vive delante de algo siempre, hasta cuando estás sola hay que tener presencia escénica, no chulería ni cara de póquer. «Sé, respeta, camina», hablo del «Walk» de Pantera, sí, pero creo que la actitud son esas palabras tal como las dicen ellos, sin sombra de miedo, hablo del asco por la crueldad gratuita, hablo de reaccionar y del latido del rock and roll.

Vemos películas sin parar buscando no misterios ni coches que explotan sino una manera de mover ligeramente la ceja, de reír sin obligar a nadie a que se aleje, y muchas otras cosas. Yo no vi a mi padre cuan-

161

do me dijo que sí, y se refería a que había oído la conversación. Pero oí su voz y su silencio y eso es también presencia escénica. Me puse a preguntarme cuál tendría que ser la mía, cómo debería acercarme a mi madre para contarle la llamada de Émil, y me di cuenta de que la presencia escénica no puede pensarse mucho. Es el por qué lo haces. Claro, luego tienes que tener un vocabulario de gestos, como te decía, creo que para eso están las pelis, para encontrar ese vocabulario, igual que cuando hablas tienes que saber las palabras, pero lo que de verdad importa es por qué dices lo que dices, y con la presencia escénica, igual.

Como no podía hacer nada, y como me venía a la cabeza todo el tiempo la cara imaginada de mi padre, estuve viendo vídeos de Johnny Cash. Encontré varios impresionantes. El más duro es en el que canta «Hurt», herir o dolor, no es sólo por la letra de la canción, quizá incluso eso sea lo que menos importe. Eso ya no es country, desde luego, es folk o no sé, algo que viene desde nuestras raíces, y es como si dentro de la canción, de la voz, del sonido, no sólo estuviera todo el dolor de su vida sino también saber que ha sido así, que ha habido dolor, que parte de ese dolor podría haberse evitado, que él mismo podría haberlo hecho, y a pesar de eso aguantar el tipo sin mirar hacia otra parte ni hacerse el loco. Pero para mí los mejores vídeos de todos son dos de los diez o doce que hay en la prisión de San Quentin. En uno les canta a los presos el tema titulado justo así, «San Quentin». Los presos están ahí delante, muy cerca, es un escenario que no es más que una pequeña tarima, mientras él va cantando cosas como «San Quentin I hate every inch of you / San Quentin may you rot and burn in hell / may your walls fall and may I live to tell / San Quentin I hate every inch of you». San Quentin, odio cada palmo de ti, San Quentin, ojalá te pudras y ardas en el infierno, ojalá tus paredes se vengan abajo y aún tenga vida para decir: San Quentin, odio cada palmo de ti. Supongo que me refiero a que una cosa son las canciones, que al fin y al cabo viven en el aire y se extinguen sin dejar huella, y otra cosa es cuando las canciones son verdad, no porque lo puedan ser, sino porque lo son, porque lo que él está diciendo en ese momento no le corresponde a él decirlo sino a esos tipos de película vestidos de azul grisáceo y que para nada son actores sino presos que, cuando Cash se vaya, van a seguir allí dentro durante montones de años.

Estaba viendo el segundo vídeo, luego te cuento cómo es, cuando llamó Jorge desde la tienda de vinilos.

–Hola, Martina. Acaban de hacernos un encargo. Es para mañana. Pero no por la noche, lo quieren antes de las cuatro de la tarde.

–Bueno, no está mal, esa hora también debe de ser tranquila –dije.

–Pásate por la tienda mañana sobre las doce, que ya tendremos el disco.

Colgué. Ahora ya no estaba tan segura de mi comando. Podían surgir problemas y para eso, quiero decir para los problemas, ya estaba el golpe de Émil. Pero, por otro lado, si lo dejaba sería como traicionar algo, no sé si tanto como un principio, pero casi. Sería dejar algo sin terminar, los añicos en el suelo sin que a nadie le importe pegarlos porque hay otras cosas que hacer.

Tenía dos sms tuyos en el móvil. Al primero te había contestado. El segundo decía: «you're gonna feel my hand». Aunque yo no te había contado nada de mi plan, elegiste esa parte de «Gimme danger». La música pedigüeña suele estar acompañada de letras pedigüeñas y al revés. La música potente, generosa, la que no mendiga, la que no suplica, también lo dice en sus letras. El «I wanna hold your hand» de los Beatles es pedigüeño, quejica. Pulgarcito es salvaje, ¿sabes? Yo creo que cuando somos pequeños somos salvajes, tanto como lo es aceptar que te han dejado en el bosque y tienes que buscarte la vida. Y necesitamos seguir siendo salvajes. Quiero decir que la infancia no es pedigüeña necesariamente, cuando un niño coge de la mano a un adulto no es pedigüeño, pero cuando babosea diciendo: quiero chicles, o quiero que me des la mano, y no lo pide directo a los ojos sino con zalamerías o llantos o chorradas, entonces sí que lo es. La musiquilla de «I wanna hold your hand» me recuerda algunas canciones infantiles blandas. Y la letra acompaña eso. «You're gonna feel my hand» es lo contrario, no pido, sólo digo: «vas a sentirla». Me gusta. Es sexual y es emocionante y es a la vez salvaje y tranquilo.

En vez de contestar con otro mensaje, te llamé. Hablamos poco tiempo porque no me gusta nada hablar por teléfono, pero reconozco que las voces tienen capacidad de hacer efecto, como si fueran medicamentos o sustancias químicas. Llamarte era hacerte sentir mi voz, algo así, y creo que lo entendiste. No te conté nada de lo que estaba pasando en casa. En cambio, te hablé de Johnny Cash. Hay una canción hasta religiosa, en la que él pide, sí, dice que nunca había pensado que necesitase ayuda, que pensaba que podía arreglárselas solo pero que ahora ya no puede aguantarlo más, y pide ayuda al Señor o Dios o lo que sea. Dijiste que no la conocías y yo no te supe dar el nombre. No había mucha cobertura, te pedí que me describieras lo que estabas viendo. Piedras en una montaña. Luego hicimos eso que Émil me había contado que hacía con su novia y yo siempre pensaba que era una tontería total. Me refiero a estar callados. O sea, tú callado, yo callada, la empresa de móviles forrándose y los dos, supongo, con la fantasía de que si había una onda que subía al satélite y volvía a bajar llevando nuestras palabras, también podría llevar nuestro echarnos de menos. No exageramos mucho, eso es verdad. Después de medio minuto o por ahí, nos despedimos con los besos que se dicen en vez de darse. Sólo que no era como cuando yo le decía «un beso» a Vera, o a mi padre o a Émil. El tuyo lo pensé con la boca y me clavaste la lengua dentro.

El título de la canción es «Help me». Está en un disco póstumo. A pesar de que pocas veces he oído a alguien pedir con la determinación con que lo hace Cash, no tiene nada que ver con ser pedigüeño. Es como si se limitara a hacer saber algo: si no me ayudas, me llevará la tormenta, me hundiré en el océano, caerán sobre mí paredes enteras, más altas que árboles, y me aplastarán. Pero lo dice y punto, sin urgencia, sin reproche, sólo hace saber que es así. Me preguntaba si mi hermano Émil sentiría algo parecido cuando llamó. O si lo habría sentido mi padre cuando decidió dejar de trabajar. Pensé que el padre de Vera seguro que lo había sentido. Hay personas que parece que se la juegan continuamente. Personas que si tropiezan, se matan. Que no saben lo que es caerse en un bordillo y torcerse el tobillo, porque cuando se caen algo las arrastra y se caen hasta el fondo. Pero a lo mejor antes no eran así. Supongo que si las canciones existen es porque no se trata del ADN, porque todos podemos llegar a tener actitud y también nos puede llevar el vendaval. A todos.

12

Mi madre llegó a la hora de comer, un poco tarde y con prisa. Mi padre la había llamado para decir que comería fuera, que quería solucionar unos asuntos. Y mi madre no le había preguntado qué asuntos. Me lo dijo así: no se lo he preguntado para no agobiarle.

−¿El marmitaco de ayer?

−Vale.

−Vigila el fuego.

Ahí me quedé, vigilando el fuego, pensando en hogueras, en piedras con montañas, en caballos, en amplificadores en medio de la carretera, en no tener que decirle lo de Émil. Apagué el gas. Serví el marmitaco en los platos, corté el pan mientras mi madre sacaba la jarra de agua, ponía los cubiertos, servía el agua. Nos sentamos.

Se lo conté cuando ya estábamos terminando el plato. Mi madre dejó de comer; no quiso postre, se quedó callada y supongo que en dos minutos vio a un desconocido muerto y a su hijo en la cárcel. Luego dejó de mirar a través de mí.

—Papá lo sabe, claro —preguntaba sin preguntar.

—Sí.

—¿Te ha dicho adónde ha ido?

—No, yo había salido un momento y cuando volví ya no estaba.

—Me voy a hacer unas llamadas, Martina. Recoge tú esto, por favor.

—Vale.

Yo tampoco tenía ganas de postre. De lo que tenía ganas era de buscar y destruir, pero, bueno, eso es sólo una canción. Fregué muy rápido y me fui a la calle. A las tres y media algunas calles dan un poco de mal rollo, están tan vacías. Me fui a la biblioteca. Son lo más parecido a los locales que necesitamos, aunque no sean más que la centésima parte. Porque, vale, puedes estar dentro sin comprar nada ni que te pregunten lo que quieres tomar. Sin que nadie espere que te gastes dinero. Pero estás sola. En los locales que tendremos yo llegaría, me sentaría en un sofá como ese rojo que encontró el padre de Vera en la basura. Y estaría ahí sentada, pensando. Ni siquiera necesitaría hablar con nadie, me bastaría con saber que puedo hacerlo. En la biblioteca, no. Al revés, si estás leyendo y alguien se te acerca, lo primero que piensas es qué pesado, o pesada. Pero cuando tengamos nuestros locales, será distinto. Podrás ir a ellos para estar callado o para no estarlo. Para las dos cosas, eso es lo importante. En la biblioteca sólo se puede estar callada. De todas formas fui.

Se me pasó por la cabeza ir a buscar a Vera. Pero sabía lo que iba a decirme. Y si las dos hubiéramos decidido llamar a Jimena, ella también nos habría dicho lo mismo. Me refiero a que mis padres y mi hermano y yo misma teníamos un problema muy serio, y desde luego no era el momento adecuado para mi comando unipersonal. Sé que me lo habrían dicho. Yo también me lo decía. Pero luego me contestaba que no somos como rocas. Algunos adultos piensan que la vida es ir recibiendo golpes y encajándolos, y que en ese camino te haces un carácter. Bueno, yo creo que ésa es la mitad de la verdad. Encajas, sí, pero también golpeas; si no, qué. Y en golpear, y en equivocarte, y ser irresponsable, y hasta en probar las cosas por ti misma a pesar de que te han dicho que otros las han probado y no vale la pena, en todo eso, supongo, se va la mitad de la vida. Porque no somos árboles, nos movemos, tenemos que hacer cosas.

Eres una irresponsable. Es lo que no paraba de decirme. Mis padres necesitaban ayuda y yo seguía empeñada en mi comando. Lo que pensaba era que, en realidad, mi familia no necesitaba mi ayuda sino que yo me quedara quieta, que no fuera otro problema. Pero, ¿sabes?, las cosas nunca empiezan en la línea de salida. Ese tipo, por ejemplo, el que chocó con mi hermano a toda velocidad, ¿por qué iba tan deprisa? Eso no parece importarle a nadie. Y luego, el whisky. Si mi hermano no se hubiera tomado dos, estaría hecho polvo por lo que había pasado, pero no tendría miedo de ir a la cárcel o algo así. El padre de Vera también bebía, a veces mucho. Dos whiskys no es beber tanto, pero si luego tienes que conducir, me imagino que hay algo que se parece a los motivos por los que bebía el padre de Vera. Algo como ser esa roca que va encajando golpes y notar que hay uno que no has podido encajar, no has podido absorberlo sino que te ha mellado, un fragmento ha saltado y entonces te da miedo que eso siga pasando y llegues a desaparecer. Por lo menos, algo así es lo que yo sentía cuando me daba por beber un poco más en fiestas y saliendo. Notaba una presión a veces pequeña pero con la que no podía; esa presión rompía una parte de mí, a veces también pequeña. Y bebes para dejar de notarla.

Si hubieran tenido locales cuando eran adolescentes, si hubieran tenido otras vidas, mi hermano y ese tipo, si no trabajaran con miedo a que alguien apriete cualquier mañana el botón de eliminar puestos de trabajo, entonces a lo mejor se habrían estampado el uno contra el otro igual; pero a lo mejor no.

No tenía el ánimo como para concentrarme en ningún libro, así que me fui a los ordenadores. Aunque todavía no eran las cuatro de la tarde, estaban los seis okupados. Por lo menos, esperando no había nadie; el primero debía quedar libre en cinco minutos, me dijeron. Me quedé de pie y de repente apareció Alex, el hermano de Vera. Impresiona bastante, ¿sabes? Es que tiene exactamente la misma cara que su padre, aunque con treinta años menos o por ahí. También tiene su voz, más aguda y aniñada. Le reconocí por ella, yo miraba hacia otro lado pero le oí preguntar:

—¿Cuánto falta para que quede uno libre?

—Quince minutos —le contestaron.

Entonces me di la vuelta:

—Hola, Alex. ¿Tienes mucha prisa? Puedo cederte mi turno.

—¡Hola, Martina! Sí, quería mandar un correo. Tardo un minuto.

—Vale.

Luego esperamos callados. Los dos nos llevamos bien, no estábamos incómodos. Cuando se levantó la chica del ordenador, le dije a Alex:

—Todo tuyo.

Yo me quedé en el mismo sitio, y le vi abrir el correo desde lejos y escribir algo. Luego me llamó con la mano. Me acerqué.

—Ya está. Ponte tú. Yo ya espero mi turno.

Me senté al ordenador. Alex se quedó de pie a mi lado. Normalmente me habría molestado muchísimo, pero en ese momento no me molestaba. Al revés, era un poco parecido a nuestros locales que no tenemos. Que haya alguien a tu lado mientras navegas o lees o te quedas callada mirando una muesca en la pared. Alguien a quien si le pides que se vaya, lo hará, pero si no, estará ahí, cerca. Busqué el segundo vídeo de Johnny Cash. Le conté a Alex que el tipo había ido varias veces a cantar a las prisiones y que hicieron un documental sobre eso, y hay partes colgadas en YouTube. Le digo en voz baja que en el trozo que vamos a ver canta una canción de amor y de lealtad, pero que lo que me gusta no es tanto la canción, que no está mal, como la manera en que Johnny Cash se sube al escenario, y cómo canta la canción sin creérsela mucho pero con todo el respeto para aquellos que la necesitan y que sí que se la creen. Y cómo ríe; no se ríe de esos tipos que están ahí vestidos de gris, encerrados, quemados. Tampoco es reír la palabra, porque no suelta la carcajada. Entonces le digo a Alex que el gesto es muy parecido al que ponía su padre, como quien sabe que estar vivo es divertido, raro, Jerry Lee Lewis con el pelo de punta, y a la vez es emocionante, terrible, preciso como extraer una bala sin temblar. Cash canta en un escenario bastante pequeño y cuando termina da una patada en el suelo, «¡joder!, ¡qué pequeño es este sitio!», parece decir, «esta cárcel no puede ser tan pequeña», y golpea el suelo y por un momento piensas que no le extrañaría si después de sus patadas las paredes se empezaran a alejar unas de otras.

Me quito los auriculares y se los pongo a Alex. Mientras él oye y mira el vídeo, yo lo miro sin oír. Vuelvo a tener la misma impresión. Como si en vez de cargarte de adrenalina, o de ese mínimo de agresividad que se necesita cuando te aproximas a una situación de peligro, también pudieras cargarte de felicidad aposta, decidirlo: ahora me cargo de placer porque tengo que entrar ahí y me hace falta todo el que pueda conseguir. Eso, por supuesto, es lo contrario de los hipócritas que presumen de lo bien que les va y ponen una sonrisa falsa para restregártela. No, lo que ves en el vídeo no es a alguien que finja estar contento, sino a alguien que está produciendo buen humor como la dinamo de las bicis produce corriente a partir del movimiento de la rueda.

—Está muy bien —dijo Alex devolviéndome los cascos—. Yo no podría hacer eso.

—¿Cantar en una cárcel?

—No. Subir las escaleras del escenario como las sube ese tío, y mirarles así mientras canta.

Nos chistaron desde varios sitios a la vez.

—¿Nos vamos?

13

A veces decides las cosas del todo cuando las dices. Y eso fue lo que me pasó. Alex y yo nos habíamos quedado en la entrada de la biblioteca, como sin saber adónde ir. Entonces echamos a andar en dirección contraria a la de nuestras casas, y se lo conté:

–¿Qué te parecería si alguien hiciera un atentado musical?

–¿Qué? –se rió.

–Como en *Airheads*. ¿Has visto esa peli?

–No.

Nos sentamos en el respaldo de un banco, con los pies en el asiento.

–Tengo que pasártela –dije–. Un grupo de rock entra en una emisora para conseguir que pongan su maqueta. Pero cuando las cosas se complican, tienen que tomar como rehenes a los cinco o seis que trabajan ahí. Y la mayoría se acaba poniendo de su lado porque justo iban a reestructurar la emisora y a despedirles. Los del grupo van armados con pistolas de agua rellenas de salsa picante, y los demás no lo saben. Fuera empieza a llegar gente a quien le gusta el rock. Hay un productor que se da cuenta de que todo eso está siendo una publicidad buenísima y les ofrece producirles un disco y además conseguir que no vayan a la cárcel por el secuestro gracias a los abogados de su multinacional.

–Pues vaya, no suena nada creíble.

–Espera: el productor les monta un concierto en las afueras de la emisora para hacer un videoclip. Y resulta que es en playback. Los del grupo dicen que así no quieren, los otros les presionan, ya está sonando la música y entonces el líder del grupo cruza los brazos para que todos sepan que es playback. Al final acaban presos tocando en directo en la cárcel, se supone que el mundo está esperando a que salgan y que les irá muy bien. Es una comedia, pero tiene momentos muy buenos.

–Ya tiene mejor pinta. ¿Qué momentos?

–Por ejemplo, una de las veces que están en el aire, emitiendo todo lo que pasa en la emisora, le dan el micrófono al cantante para que diga algo, y él se lía un poco, pero luego coge el micrófono y grita: ¡Rock and Roll! Lo mejor es la cara que pone el disc-jockey de la emisora, un tipo que entiende el rock y que al principio desprecia al grupo pero va respetándolo poco a poco.

–¿Y es lo que tú quieres hacer, entrar en una emisora para gritar Rock por el micrófono?

–Quiero entrar y hacer que pongan un tema a todo volumen.

–Pero te pueden meter en la cárcel.

–«Merece la pena, por convertirse en leyenda.»

—¿Qué?

—Es broma, es lo que contestan en la peli. Yo no llevaría pistolas ni nada, no amenazaría a nadie.

—Entonces pasarán de ti.

—No, porque amenazaré con matarme yo. Aunque no pienso matarme, desde luego. Es lo último que haría, no pienso darles la razón a los que nos hacen la vida imposible. Pero puedo hacerme daño. Si encontrara un sitio donde luchar con otros, iría a ese sitio y al pelear también me dolerían los golpes.

—Estás zumbada. De verdad.

—¿Por qué, Alex? Siempre tenemos que ver todo en películas, en la consola, en otra parte. Siempre las cosas emocionantes les pasan a otros. Y cuando a nosotros nos pasa algo gordo, siempre es malo, como que se muera alguien, o mi hermano ahora, que resulta que ha arrollado a un hombre con el coche y a él sí que pueden meterle en la cárcel.

—Ostras, no sabía lo de tu hermano. Qué putada. De todas formas, Martina... Es que en esa peli que me has contado, al fin y al cabo los tíos lo que quieren es que pongan su disco para poder vivir del rock. En cambio tú no quieres que pongan una canción tuya ni nada.

—Vale, no tengo mi propia canción. ¿Y qué? No sólo importan los que componen y los que cantan. Sin nosotros, que escuchamos, las canciones no existirían. Yo quiero que todos la oigan, que entiendan lo que nos pasa, y que hagan algo.

—¿Qué canción es?

—«Gimme danger».

—Pero es supertriste.

–No, no, la versión que yo quiero dura casi el doble que la versión normal y no es triste, es otra cosa; es emoción en estado puro, algo muy potente que hace efecto aunque no quieras. Además está el volumen.

–¿Qué volumen?

–Les pediré que suban el volumen al máximo. Cuando la oyes así, es como atravesar algo. Igual que esos túneles donde cambia el tiempo, sales de Madrid con sol y al otro lado del túnel de Guadarrama el cielo está gris muy oscuro, casi negro.

–Es sólo una canción. Por muy fuerte que la pongas. Todo va a seguir igual después.

–Puede. Pero mira, si voy a una radio grande, la oirán millones de personas. O sea, millones de verdad: mil, más mil, más mil, y así muchísimas. Yo creo que por lo menos a una parte de esa gente le pasará algo. Además, sé lo que voy a pedir.

–Ah, que no sólo quieres que te pongan la canción.

–No, claro. La canción es como una señal.

A nuestras espaldas estaba la calzada, aunque a esa hora no pasaban casi coches. Pero de repente pasó una moto a toda leche haciendo un montón de ruido. Los dos miramos, y supongo que como estábamos aburridos de estar ahí, viendo pasar a nadie, nos bajamos del respaldo y nos quedamos de pie frente a la calzada, apoyados un poco en el respaldo.

–¿Qué vas a pedir?

–Locales. Locales sin desalojos cada dos años. Locales que duren desde la adolescencia hasta los veinte años. Locales como esa gente que tiene casas con garajes vacíos. Un sitio donde ir y ponerte a charlar con quien encuentres, o a ver vídeos acompañada, o a tocar la batería en un cuarto cerrado.

—¿Pero quién te los va a dar?

—No lo sé, el gobierno, los que mandan más que el gobierno, la gente que tenga casas vacías. Los cantantes a quienes les sobra el dinero. Los que se han vendido y ahora quieren vendernos a todos. Que hagan un fondo de locales y los distribuyan por barrios. O uno cada dos barrios. Locales nuestros, no de esos en los que se entra de siete a nueve y luego te echan.

—Te lo decía: zumbada. ¿No ves que eso vale muchísimo dinero?

—¿Y lo de ahora qué? Supongo que también vale dinero, los adolescentes deprimidos, empastillados, anoréxicos, furiosos, la violencia, el talento desperdiciado, la tristeza.

—¿Todo eso se va a arreglar con unos locales?

—No, claro que no. Pero puede ayudar. Estoy segura.

—¿Y lo de tu hermano?

—Jo, lo de mi hermano. Es que eso sí que no tengo ni idea de cómo puede arreglarse.

—¿No te preocupa estropearlo más?

—Sí. Pero quedarse sin hacer nada también estropea las cosas. Oye, prométeme que no vas a contarle nada a Vera.

—Vale, vale. Pero estás zumbada.

Le di una colleja en la nuca y se rió. Nos fuimos juntos hacia su casa.

—¿Tú todavía te acuerdas de mi padre?

—Sí.

No dijimos nada más. Pero nos entendíamos.

14

Lo he hecho. Bueno, puede que lo hayas oído en la radio. No sé si Lucas le habrá dicho a alguien mis demandas, ni qué me pasará cuando salga de aquí. Dicen que me desmayé, me trajeron aquí y ahora le he pedido a mi madre que se fuera a seguir con todo lo de mi hermano porque yo estoy bien, no tiene que preocuparse. Mi madre ha confiado en mí y se ha ido un rato, después de dejarme con este cuaderno, mi boli plateado y el móvil. Aunque enseguida te daré el cuaderno, te he mandado un mensaje con otro trozo de la letra de Gimme: «There's nothing in my dreams / just some ugly memories / kiss me like the ocean breeze.» En el fondo, esa pequeña estrofa lo resume todo: «No hay nada en mis sueños, sólo algunos recuerdos malos, bésame como la brisa del océano.» Ahí están nuestras razones, porque ¿cómo puede ser que alguien tenga dieciséis años y no le hayan ocurrido grandes desgracias ni nada especialmente malo y, sin embargo, no haya nada en sus sueños? Es lo que nos pasa, y no lo saben. Aunque no sea del todo verdad. No es que la canción diga una mentira, sino que nadie entiende por qué cantamos. Si de verdad no hubiera nada en nuestros sueños, estaríamos callados. En cambio, lo decimos, lo estamos diciendo a voces, y eso es porque nuestro sueño consiste precisamente, y para empezar, en resistir. En no dejar que nos hundan. En estar aquí, diciendo lo que nos pasa, diciéndolo con música para que sepan que sabemos, para que sepan que, como lo sabemos, como lo gritamos, como lo cantamos, también vamos a empezar a actuar.

Entré en la radio llevando el vinilo en un sobre aparatoso. En la tienda me habían hecho un papel sellado, y en recepción me dijeron que lo dejara ahí. Yo dije que me habían pedido que lo entregara en mano y puse cara de no saber qué hacer. Y un tipo amable me dejó pasar.

En ese momento estuve a punto de rendirme, de olvidarlo porque si algo salía mal, le echarían la culpa a ese tipo amable. Y hacen mucha falta los tipos amables. Así que después de pasar por el detector de metales, le dije:

—¿Quiere mi carnet?

Y el tío dijo:

—Sí, déjamelo.

Vale, eso ya era otra cosa. Se lo di, él copió los datos, me lo devolvió y yo me fui al ascensor.

Planta tercera. Estudio 7A. Lo encontré pronto. Sólo había un chico en el control de audio, y una chica en el estudio, hablando por el micrófono. Le hice señas al chico y le señalé el disco. Él levantó la mano, pidiéndome que esperara. Era moreno y bajito. Tenía

180

el pelo casi largo que le caía delante de un ojo como a los emo, pero no parecía uno de ellos sino sólo bastante despeinado. Llevaba vaqueros y una camiseta de Motörhead, ya sabes, la calavera, los huesos, los cuernos, las cadenas. Como era incluso un poco más bajo que yo, la camiseta negra y agresiva llamaba más la atención, creo que sólo por eso ya me cayó bien. La locutora, alta y bastante guapa, terminó de hablar, se levantó y se fue. Se cruzó conmigo pero me miró sin verme, parecía tener mucha prisa. Luego el chico también se levantó, abrió la puerta y extendió la mano para que le diera el disco. Pero yo no se lo di.

–Hola, soy Martina. Oye, ¿me haces un favor? Tengo que hacer un trabajo para el instituto, ¿puedo pasar contigo al control y ver cómo trabajas? Es que mi padre también era técnico de control.

–¿Se ha muerto?

–¿Quién?

–Tu padre.

–No, no, le han despedido.

–Bueno, es una especie de muerte. Venga, pasa. Ahora estamos grabando cortes. No entramos en directo hasta dentro de diez minutos.

Me estuvo enseñando la mesa de mezclas, luego se pusieron a grabar una entrevista telefónica y entonces yo aproveché para meter las manos dentro de la mochila y romper el cristal de unas gafas. Lo había visto en una película. Un cristal roto es como un cuchillo. Cuando terminaron le pregunté dónde estaba la graduación del volumen. Me lo enseñó. Le pregunté por qué lo tenía a menos de la mitad.

–Qué remedio –dijo.

–«Si te molesta el volumen...

–... es que estás viejo» –sonrió, y movió su melena enredada hacia los lados.

Luego volvió la chica y empezó el programa. Yo saqué de la mochila el single de «Gimme danger». Resultó que lo conocía, y alucinaba.

–¿Dónde has conseguido eso? –me preguntó.

–Me lo ha prestado un amigo. Creo que lo compró en un mercadillo, hace dos años.

–Yo te lo compro ahora.

–No. Lo que quiero es que lo pongas.

–Ya me gustaría. En este programa sólo puedo poner chorradas musicales. Chistes. Ya sabes, Oasis y toda esa basura.

Yo, sin cambiar el tono de la voz ni ponerme nerviosa ni nada, contesté:

–He venido aquí sólo para que lo pongas. Tengo este cristal –dije, enseñándoselo–, y si no lo pones, me cortaré el cuello y las muñecas, para desangrarme a toda velocidad.

–Pero ¿qué dices?

Le pasé un papel con la frase.

–«Interrumpo la emisión para subir el volumen de vuestros receptores y que nuestra angustia os entre por las orejas.»

Me miró bastante tranquilo. Luego sonrió y dijo:

–No va a funcionar. Las canciones no funcionan así. Son surcos. Hay que oírlas varias veces. Y cada vez el surco se hace más hondo, y entonces, cuando la oyes, no sólo oyes la canción sino las emociones de las veces que la has oído. Pero si pongo esta canción de pronto, nadie va a entenderla.

—Subirás el volumen.

—Por mucho que lo suba. No les recordará nada. No la comprenderán.

—Sabrán que se ha cometido un atentado acústico. Querrán saber por qué.

Se rió.

—No, ¿cómo te llamas?

—Martina.

—A ver si nos entendemos, Martina, el atentado acústico son estas mierdas que me hacen poner todos los días.

Yo también me reí, pero luego volví al asunto.

—Oye, no sé cómo te llamas ni te lo voy a preguntar. Porque no quiero llevarme bien contigo. Ahora no. Esto es muy importante para mí. Tienes que hacerlo. Lo del cristal no es ninguna broma. Avisa a tu compañera, dile que lea la frase y pon la canción.

—Puedo llamar a alguien, no te daría tiempo a clavarte eso.

—Yo no me arriesgaría si fuera tú. Imagínate que lo consigo. Lo pasarías fatal. En cambio, si pones la canción, me echarán a mí la culpa y se acabó la historia.

—Pero ¿todo esto por una canción?

—Cuando termine la canción, diré cuáles son mis demandas.

—Si es que no te han detenido antes.

—Entonces, te pediré que las digas tú.

—Quiero saberlas ahora. Y me llamo Lucas.

—Joder —se me escapó.

—¿Qué pasa?

—Nada. Yo conocí a un Lucas.

—¿También le han despedido?

—No. Se ha...

—Vale, vale. Kaput.

—Oye, me da igual cómo te llames —me convencía a mí misma—. He venido aquí para hacer algo y lo voy a hacer.

—Dime esas demandas —dijo. La voz le había cambiado.

—Es una sola: locales para los adolescentes. No bares ni cines. Sitios donde no haya que pagar. Locales nuestros, como se supone que tienen los pijos que viven en casas con garajes de sobra. O como los que se okupan pero sin que nadie te eche después de un año. Locales donde podamos juntarnos cuando nos parece que todo es peor que lo peor y que lo único que esperan de nosotros los adultos es que llegue un día en que empecemos a vender y comprar todo. Como si no importara que alguien se rompa, porque se supone que habrá más. Cuando alguien se rompe, hay que arreglarlo, ¿vale? Hay que dejar todo y ponerse a arreglarlo. Pero, para eso, necesitamos sitios.

—¿A quién le haces esa demanda?

—A los adultos con poder. A vuestros jefes, a los banqueros, a todos los cabrones que ni siquiera saben que existimos, y también a todo el que pueda dar un local para uso de adolescentes. Desde los quince a los veinte, luego nos vamos y que vengan otros.

[nota manuscrita al margen: no quiere un espacio de consumo]

184

Mientras hablaba conmigo, Lucas seguía controlando la mesa de sonido y pendiente de la locutora en el estudio. Puso algo de música, aunque desde luego no era mi disco. De pronto me entró miedo de que el programa fuera a acabarse.

–¿Cuánto falta? –casi grité.

–Quince minutos.

–Tienes que darte prisa. Pon el single ya. –Puse el cristal roto sobre mi brazo.

–Te llevarán a una clínica o a la tele, que es peor.

–No pienso ir a la tele, no pueden obligarme.

–Van a hacerte la vida imposible. A lo mejor te encierran en un centro de menores.

–Ya nos hacen la vida imposible.

–Pero unos locales no van a cambiar esta mierda de vida. Es cómo está montado todo lo que está mal, son muchas cosas.

–Bueno, yo no puedo arreglarlo todo. Yo puedo hacer esto.

–A Alice Cooper no le gustaría que te suicidaras.

Miré a Lucas a los ojos:

–Lo sé –dije, y creo que lo entendió–. Como no avises a la chica ya, puede pasar cualquier cosa.

–¿Y si no te hacen caso? ¿Y si nadie se entera?

–Pues será como siempre.

Lucas dio a un botón y oí la voz de la locutora.

–¿Qué ocurre?

–Tengo aquí a una adolescente que está amenazando con suicidarse si no lees esta frase y si no ponemos una canción.

–Pero...

—Va muy en serio, Rocío. Tenemos que hacerlo antes de que acabe el programa.

Lucas puso el papel con mi frase contra el cristal, «Interrumpo la emisión para subir el volumen de vuestros receptores...». Luego dijo:

—Di que ha entrado una persona desesperada en el estudio y que vamos a leer su frase y a poner su canción.

Vi que la locutora asentía.

—Hoy una chica ha venido a nuestro estudio. Está desesperada. Quiere que os lea una frase y que escuchéis esta canción. Allá va.

La locutora leyó la frase. Lucas puso «Gimme danger» y yo le hice subir el volumen.

Es curioso, creo que no fue por la canción ni por el cristal roto. Fue por el volumen por lo que entró el guardia de seguridad unos minutos después de que empezara a sonar la música. La locutora le hacía señas desde el estudio, el guardia entró primero allí y los dos empezaron a gesticular. Era demasiado pronto. Pero Lucas me ayudó. Hizo como que no entendía la orden de bajar el volumen. Cuando por fin el guardia abrió la puerta de control, le dije que tenía un cristal y que me iba a cortar.

—Baje el volumen.

Lucas me miraba, dudando:

—Y ella...

—Baje el volumen —repitió—. La policía está en camino —mirándome.

—No lo bajes —le dije a Lucas.

El guardia avanzaba hacia Lucas. Yo me hice dos

186

cortes, la sangre era muy roja. El guardia me miró y entonces puse el cristal en mi cuello:

—Deja que Iggy termine.

El guardia de seguridad esperó un poco, miraba a Lucas, luego los dos vinieron hacia mí.

—Dame daño, pequeño extraño –le dije a Lucas. Me desmayé, pero seguía oyendo «Gimme», la segunda parte, cuando Iggy Pop sólo improvisa e insiste en que quiere ser amado y quiere ser tocado, y no tiene miedo de decirlo. Su voz ahí es un sitio, como un local en donde entrar, y luego la canción se cierra muy despacio con un último acorde de guitarra.

termina la novela con la música

ÍNDICE